我在
ソバニイルヨ
你身邊

喜多川泰 著
Yasushi Kitagawa
緋華璃 譯

三民書局

國家圖書館出版品預行編目資料

我在你身邊 / 喜多川泰著; 緋華璃譯－－初版一刷.－－臺北市: 三民, 2019
面; 公分.－－(青青)

ISBN 978-957-14-6607-1 (平裝)

1.日本文學 2.現代小說

861.57　　108003849

© 我在你身邊

著作人	喜多川泰
譯者	緋華璃
封面作品	所正泰
責任編輯	洪曉萍
美術設計	林佳玉
發行人	劉振強
發行所	三民書局股份有限公司
	地址　臺北市復興北路386號
	電話　(02)25006600
	郵撥帳號　0009998-5
門市部	(復北店) 臺北市復興北路386號
	(重南店) 臺北市重慶南路一段61號
出版日期	初版一刷　2019年4月
編號	S 860220

行政院新聞局登記證局版臺業字第〇二〇〇號

ISBN 978-957-14-6607-1 (平裝)

http://www.sanmin.com.tw 三民網路書店

「我回來了。」

聽見幸一郎走進客廳的招呼聲，開著電視，在沙發上睡著的真由美睜開雙眼。她望向時鐘，早已過了十一點。今天都快變成明天了。

「今天也好晚啊。」

真由美說道，喝光眼前玻璃桌上的葡萄酒，關掉電視，悄無聲息地站起來走向廚房。她沒打算喝到醉，但或許是因為太累了，醉意比平常更早出現。

真由美把做好的晚餐，放進微波爐加熱，開始擺放碗盤。一如往常，幸一郎只看了真由美一眼，從客廳退回走廊，進浴室沖澡。

幸一郎是個不知道要怎麼「悠閒」使用時間的人。

就連進浴室沖澡，也只花了五分鐘就出來。

他就是這樣，不肯浪費一分一秒。一有時間，就窩在自己的房間，不知在看什麼書。再不然，就是去距離住處走路只要幾分鐘的小工廠，他在那邊租了一間「研究所」，埋頭做不知名的研究。每天周而復始，一刻也閒不下來。

但是，幸一郎即使沒有任何私人時間，也不會對這種生活方式感到窒息。對他而言，這大概是怡然自得的生活節奏吧。

幸一郎用浴巾擦著頭髮，再次走進客廳時，遲來的晚餐已經準備好了。

「今天要喝嗎？」

真由美打開冰箱問道。

「哦，好啊。」

幸一郎坐在餐桌前，對真由美微笑。

連同自己的份，真由美從冰箱裡拿出兩罐啤酒，在餐桌對面坐下，將啤酒遞給幸一郎。

「謝謝。」

幸一郎與真由美幾乎同時拉開拉環，幸一郎將啤酒倒進玻璃杯裡，真由美則直接就著瓶口喝下一口。

真由美皺起眉頭。

「怎麼啦？臉色這麼難看。」

幸一郎問她。
「今天發生了很要命的事。」
真由美像往常那樣，先打開話匣子。
若單從字面上的意思判斷，真由美每天的生活，都充滿了要命的事。
結婚十五年來，幸一郎的任務就是在一天的尾聲，聽真由美描述這些要命的事，十五年如一日。
真由美的心裡彷彿有個容器，每天都積滿了壓力。
如果壓力的量小於容器的容量便無妨，一旦壓力超過容量爆滿，她就會不知所措、陷入恐慌，開始自暴自棄、反應過度。因此幸一郎很清楚，必須隨時巧妙地清空真由美心中的容器。
對真由美來說，清空容器最好的方法就是「告訴幸一郎」。
「發生什麼事了？」
幸一郎附和，好讓真由美可以順利開口。
「隼人放學不回家喔。」
果然如幸一郎所料，她的煩惱總是圍繞著國一的兒子隼人打轉。最近讓真由美感到要命的事，十之八九都是隼人帶回來的。

「怎麼？他不在家嗎？」

幸一郎指著隼人的房間說，真由美搖搖頭。

「不是啦。今天開始期末考，所以只要上半天課。於是我做了午餐等他回來吃……，結果，你猜他幾點回來？」

「我想想……，五點？」

「七點喔！七點。明天還要考試，他卻不念書，好像還跑去跟朋友踢足球。我問他午飯怎麼解決，他說跟朋友去了速食店。而且回家前一刻，還跟朋友去便利商店吃吃喝喝，所以我做好的晚飯，他連一半也吃不完，幾乎都剩下了。我告訴他至少該為我想一想，不回家吃飯先打通電話回來……，但他一個字也沒聽進去。」

「這樣啊……。」

「就這樣吃飯配電視，好不容易離開餐桌，還以為這下終於要去念書了，結果給我跑去洗澡，而且洗好久，死活不肯出來。我不由得煩躁起來，心想他什麼時候才要開始準備考試。可是又擔心催他，他可能更不想準備，只好耐著性子等待，卻把自己搞得更焦慮。因為他實在洗太久了，我想知道他在幹嘛，走近浴室看，嚇我一大跳，你猜他在做什麼？」

「做什麼？」

「在修眉毛。」

「喔……。」

「到了這個年紀，會在意外表也沒什麼不對，但是再怎麼在意，也犯不著在期末考時修眉毛吧。我忍無可忍，問他『不用準備明天的考試嗎？』結果他說『已經準備好了，別擔心。』我聽了很傻眼，要他『為了爭取更好的成績，再認真一點嘛』，他居然回答『現在才開始認真也沒用』……，感覺他完全沒把我說的話聽進去。

他念小學的時候，明明不是這樣的……。

我不想把這歸咎於他上國中交的新朋友，但是他最近連性格都變了。我還在思考要怎麼說才能讓他聽進去，他卻丟下一句『我要睡了』就跑去睡覺。」

隼人最近的言行舉止，的確有很大的變化，父母都快跟不上改變的速度了。身為父親，幸一郎或許該說點什麼才對，但每天忙得不可開交，還沒跟他好好談過。

一想到接下來要告訴真由美的事，幸一郎就覺得難以啟齒。

「可是你不覺得很奇怪嗎？每個月只給他三千圓的零用錢，他哪來那麼多錢經常去速食店，又在便利商店買點心吃？」

真由美注視著幸一郎。

「妳知道原因嗎？」

真由美以超想打小報告的表情，緊盯著幸一郎不放。

「難道是從哪裡偷來的？」

真由美的嘴脣抿成一條線，慢條斯理地點點頭。

「大概是從存錢筒吧，不是有我們為了去旅行，把零錢存起來的存錢筒嗎？我檢查過了，果然……。」

「錢減少了嗎？」

真由美露出比方才更嚴肅的表情，再一次慢條斯理地點頭。

「五百圓硬幣的數量明顯減少。我剛剛才檢查過，所以還沒質問隼人。……你認為該怎麼做才好？」

「嗯……。」

幸一郎摩挲下巴，凝視桌面的某一點。這是幸一郎想事情的習慣。

「妳可以晚點再問他嗎？我有個想法。」

真由美聳聳肩，嘆了一口氣。

「好吧……，既然你這麼說，就這樣做吧。」

「除了這件事，我也有一件事要跟妳說。」

「什麼事？」

真由美不安地看著幸一郎。每當幸一郎的開場白是「有事跟妳說」的時候，真由美都會直覺認為是「壞消息」。

「其實是我受到共同開發人工智慧的公司邀請，必須去美國一趟。」

「美國？什麼時候？」

「夏天才去，所以大約是一個月以後，問題在於停留多久……。真對不起，我可能得在那裡待上三個月。」

真由美的表情頓時黯淡下來，無聲嘆息，咕嚕咕嚕地喝著啤酒。

這是她自己做好心理準備的時間。畢竟是工作，真由美也知道由不得她說任性的話。

真由美下定決心後，用力將啤酒罐放在桌上，變空的罐子發出高分貝聲響。她勉強自己擠出笑容，對幸一郎說：

「三個月啊，我明白了。家裡的事你不用擔心。」

幸一郎很清楚她在逞強。為了讓他能心無罣礙地出門工作，盡力偽裝堅強的真由美，總是讓幸一郎心裡充滿歉意，同時也產生全力以赴的動力。

「謝謝妳……。」

幸一郎喃喃低語，喝了一口杯子裡的啤酒。

我在你身邊

UG啟動

隼人換好衣服，走出社團教室。

同為足球社的一年級生——綿谷典明，站在外面等他。典明正在和三年級的學長戶田文宏聊天。戶田學長與典明是小時候的玩伴，從小一起玩到大，感情很好。自從有記憶以來，就是喊對方「小典」、「小文」的交情，上了國中卻互稱「綿谷」和「戶田學長」，不曉得彼此心裡做何感想。

「簗山，你也一起來吧。」

戶田學長對隼人搭話，隼人的表情變得開朗。

「去哪裡？」

「野口說要去速食店。」

戶田學長用大拇指指著站在後面的野口將士。

「不好意思，我沒錢了。」

隼人一臉遺憾地說，望向一旁的典明。

典明也看向隼人，兩人視線交會。

「不用擔心錢的事，我和學長約好在速食店見面，學長會連你也一起請客。」

戶田是三年級生，如果是他的學長，大概是高中生吧。

儘管對高年級的世界很好奇，但害怕的成分還是比較多。隼人盡可能強裝平靜地說：

「可是他完全不認識我，突然跑去讓人家請客也太不好意思，所以還是算了。」

連隼人自己都覺得靈機一動想到的臺詞，說得很得體。

戶田的視線看向典明，像是在問他：「你呢？」

「我也不去了，今天要補習……。」

典明也拒絕。

戶田只撂下一句「這樣啊」，就走向停腳踏車的地方，問其他低年級生。

並肩站著目送戶田的背影離去後，隼人問典明：

「戶田學長來社團做什麼？」

三年級的比賽上週就已經結束了，接下來應該只剩一、二年級的社員。

「我也不曉得，大概是來收小弟吧。」

「收小弟？」

典明聳聳肩，不置可否。

「嗯哼。……言歸正傳，典明你要去補習啊？」

典明愁眉苦臉地說：

「前陣子的考試慘不忍睹，我爸媽硬逼我去參加暑期輔導。真是糟透了，難得的暑假每天都要補習。」

「哈哈哈，好遜！但補習暑假才開始吧？」

「那家補習班的入學測驗我完全不會寫，我爸媽認為，這樣就算參加暑期輔導，也聽不懂老師在說什麼，只是浪費補習費。所以要我在放暑假以前，先補上之前的課……，今天也不得不去。」

「別去了，我們蹺課去玩吧。」

隼人開口約典明。

典明的眼睛一亮，差點要輸給隼人的誘惑，但還是懸崖勒馬搖搖頭。

「什麼嘛！這麼認真。你這樣很難相處耶。」

典明再一次毅然地搖頭。

「不行啦，我已經和補習班老師約好了，蹺了課再被爸媽罵也很麻煩……，我放棄，還是去補習吧。」

沒人可以陪隼人玩，隼人咂了咂嘴。

「真沒義氣，你好可悲。」

隼人原想再約一次，想想還是作罷。他很清楚，典明其實意外地固執。

「倒是你，隼人，你的成績明明跟我一樣爛，你爸媽都不會說什麼嗎？」

隼人驕傲地挺起胸膛。

「我都用『下次再努力！』來堵住他們的嘴。」

「什麼嘛。」

「不管他們說什麼，我只要回答『下次再努力！』我媽就不得不認輸說『如果下次分數還是很難看，就要去補習喔。』然後下次再用同樣的方法，硬拗過去就好。我才不會讓暑期輔導，毀了我寶貴的暑假呢！」

隼人放聲大笑。

「好好喔……，我從放暑假的那一刻開始，就要每天補習……。完全不管我怎麼想、硬逼我去補習的爸媽，真是太不講理了，唉。」

典明沮喪地重重嘆了一口氣，似乎要把內心沉重的情緒都吐出來。

隼人與典明分開後，立刻拿出手機傳ＬＩＮＥ。

「典明沒救了！」

訊息一送出，同一個足球社的成員們紛紛傳來：

「真的嗎？」

「活該！」

其中也有人回覆「好好喔，不用去補習的傢伙」，得到各種回應。

隼人寫下「因為典明很認真嘛」的訊息後，得到許多「(笑)」的回覆。

一邊和大家傳訊聊天，不知不覺間已經回到自己家。

隼人家在公寓大樓的三樓，內部是三房兩廳一廚的格局。面對走廊，玄關旁的窗戶是隼人房間的窗戶，防盜鋁窗是毛玻璃，看不見裡頭的樣子，但是可以隱約看見窗戶附近有個東西的影子。

「咦？」

隼人的目光之所以有一瞬間落在窗戶上，是因為窗簾拉上了。

房間的窗簾是小學時求爸媽買布幫他做的，上頭印有許多吸引小朋友的卡通人物，當時他喜歡極了；但升上國中以後只覺得難為情，所以平常都會拉開窗簾，以免路過的人看見。今天出門前應該也拉開了窗簾。

「幹麼隨便拉上窗簾啦……。」

想也知道是媽媽做的好事，隼人從書包拿出鑰匙，開門進屋。

他脫掉鞋子，像平常一樣，把手機以外的東西，全都扔在自己靠玄關的房門口，順著走廊筆直走向盡頭的客廳。

隼人推開門。真由美也要上班，所以這個時間家裡不會有其他人。走進左手邊的廚房，習慣地打開冰箱。

冰箱裡只有麥茶，真由美沒有特別準備隼人喜歡的果汁。隼人下意識噴一聲。

他隨後發現昨晚吃剩的蛋糕。

看到蛋糕，這才想起從今天起，一切都跟平常不一樣了。

「對了，爸爸從今天起就不在家。」

好像是有什麼工作要去美國，將近三個月無法回日本。爸爸過去也曾經出差好幾天不回家，但從不曾去三個月這麼久。大概也因為這樣，在真由美的提議下，為了祝爸爸一路順風，一家三口舉辦「歡送會」。沒什麼特別的活動，就只是在普通的晚餐後吃了蛋糕。

隼人心裡並未湧起任何特別的情緒。

話說回來，父親在不在家，對隼人的生活沒有太大的影響，他反而樂見父親去美國。

畢竟對隼人而言，幸一郎代表「我絕不要變成那種父親」的象徵。

隼人這幾年最大的煩惱就是「我爸為何如此古怪？」

身為兒子，有這種父親真是太丟臉了，令人討厭得不得了。

真想跟其他朋友一樣，出生在有個「正常父親」的家裡。

隼人認為的「正常」，是會和他一起練習踢足球、陪他玩拋接球遊戲的父親。就算不帶家人去露營或烤肉，至少也會每年去一趟主題樂園或遊樂園，陪家人去旅行等等，這種父親才是隼人眼中正常的父親。

要是出生在朋友家裡，似乎每個週末都有這樣的活動，但隼人一次也沒有。他當然不會貪心地希望全家每週都能出去玩，問題是他從來沒去過。而這全都是因為幸一郎對出遊一點興趣也沒有。隼人只對可以在戶外活動身體的事感興趣，然而幸一郎對此完全不感興趣。

幸一郎有空就窩在自己房裡鑽研文獻，或閱讀艱深難懂的專業書籍，再不然就是喀噠喀噠地用電腦跟別人通信。他體格瘦弱、臉色蒼白、戴著圓圓的無框眼鏡，頭髮是微微的天然鬈，一旦換上白袍——也真的實際穿過——任誰來看，都會為他取個「博士」之類的綽號吧。

聽說他小時候的綽號真的是「博士」，幸一郎曾經不止一次眉開眼笑地提起這件事。

幸一郎是不折不扣的理科人——熱衷研究。從事與ＩＴ有關的工作，好像是人工智慧的研究。隼人不清楚細節，只知道父親從小開始，當大家都在外面打棒球的時候，他就已經迷上漫畫及小說的世界，最喜歡想像「機器人大顯身手的未來」。說父親的童年與現在的隼人正好相反也不為過。

儘管如此，隼人以前並不覺得幸一郎「跟其他人的父親不同」有何不妥，有段時期甚至對幸一郎「跟其他人的父親不同」引以為榮。

幸一郎開始在住家附近的小工廠，租一個角落當成「研究所」，是在隼人小學三年級的時候。

「擁有一個研究所，是我從小到大的夢想。」

當時幸一郎看著研究所入口，隼人抬頭仰望他無限感慨的表情，至今歷歷在目。那時湧上隼人心頭的感情，無疑是自豪。

幸一郎察覺隼人看著他，蹲下來讓自己的視線與隼人同高。然後用力抓住隼人的雙肩，笑著對他說了一些話。

因為已經是很久以前的事，隼人記不得幸一郎說了什麼，唯有這一連串的畫面清晰烙印在腦海中，到現在還記得。

然而，在那之後過了兩年，某天，有個同學說出隼人做夢也沒想到的話。

「你爸是個怪人耶。」

幸一郎似乎是這一帶有名的怪人。

對當時的隼人來說，自己的父親實現了從小到大的夢想，成立「研究所」，每到假日就窩在那裡進行「研究」，是件值得驕傲的事。所以對從沒想過的「怪人」二字，一時之間不曉得該做出什麼反應，只感到非常生氣。

或許是覺得隼人氣急敗壞的樣子很有趣，喊著「怪人、怪人、怪人」的傢伙，群聚增加到兩個、三個。

「因為是怪人的小孩，你也是怪人。」

「以後不叫你隼人，就叫你怪人吧！」

「怪人是不是正在做要用來征服世界的機器人啊？」

同學們玩笑愈說愈起勁，字眼也愈來愈過分。反觀隼人則氣得渾身發抖，開始追打取笑他的人。

同學們突然樂得玩起捉迷藏，四處逃竄之餘還不忘調侃隼人。

這時，隼人氣到落淚。

他明知道被氣哭的事一旦傳開，等於是讓那些取笑他的傢伙抓到更多把柄，但他就是無法克制自己的情緒，無法壓抑因為不甘心而流下的淚水。

從那一刻起，他開始怨懟父親所做的事。

「要是爸爸沒開始搞研究所那些莫名其妙的事……，就不會變成這樣了。」這個臨時起意發現的有趣遊戲，同學們不可能輕易放過，在那之後，也繼續取笑了隼人好一陣子。倘若被嘲笑的隼人能四兩撥千金，一笑置之回以「對呀對呀，我是怪人。」或許就能過上另一種小學生活，但隼人的自尊心不容許他這麼做，因此他每天都過得心浮氣躁。

幾天後的晚餐，隼人對幸一郎抗議：「研究所是怪人才會做的事，你別再這麼做了。」

隼人光是說出這句話，聲音就不自覺顫抖，差點哭出來。

幸一郎只是一味開導隼人：

「爸爸又沒有做壞事，你不覺得反倒是像這樣瞧不起人的傢伙才可惡嗎？你應該勸你的朋友別再瞧不起人，而不是要爸爸別再做研究所的事。」完全不把他的抗議當一回事。

幸一郎說得很有道理，但隼人要的不是道理，而是不想再被人瞧不起。隼人憤怒的矛頭，這下子完全指向幸一郎這個始作俑者。

「本來就都是因為爸爸不正常，事情才會變成這樣！」

他一次又一次地在心裡吶喊，躲在自己的房間裡，一次又一次任由不甘心的淚水濡溼枕頭。

從那時候開始，比起自己的父親，隼人更加咒罵自己的命運——為什麼要生在這個家裡，成為這種父親的小孩。

此後，過了兩年。

同學的訕笑、把他視為「怪人」的態度，隨著時間經過逐漸冷卻，不知不覺已經完全消失，但是在隼人心中，當時的懊惱不僅沒有被稀釋，反而與日俱增。也因為這個心理陰影，隼人比一般人更加執著於「正常」這件事。

上國中後，除非必要，隼人不跟別人提起自己的父親，自己也對「大家都在做的事」非常敏感。只要是大家都有的東西他就想要，看大家都在看的電視節目、聽大家都在聽的音樂、玩大家都在玩的手機遊戲，努力爭取到班上最中間那個「正常」的地位，自從被取笑後，就這麼過了兩年。只要稍微偏離最中間那個「正常」的位置，可能就會被當成「怪人」，而他已經不想再被當成怪人了。

另一方面，幸一郎絲毫沒有要改變自己生活模式的跡象，反而比以前更誇張，看起來幾乎把所有空閒時間都花在研究上。

最近這一個月，簡直是變本加厲。

「沒時間了，所以我向公司請假。」

丟下這句話，幸一郎連續好幾次，乾脆在研究所過夜，連家也不回了。

隼人很想對幸一郎愈來愈嚴重的「怪人」行徑，表現嗤之以鼻的態度，但他還是藉由完全漠視，持續進行無言的抵抗，想讓自己成為與幸一郎相反的人。

而這樣的父親，將會有幾個月不在家裡。

當然，一旦給人「怪人」的印象，或許不是那麼容易就能消除，但是光想到暫時都不會再有人看見幸一郎進出研究所，隼人就覺得心情好輕鬆。

蛋糕這種東西，不能一口氣吃太多。

剩下的蛋糕才吃到一半——

「吃不下了。」隼人心想。

甜甜的蛋糕與麥茶十分對味，還好不是搭配甜甜的汽水。

看了時鐘一眼，五點半。

媽媽還要過一陣子才會回來。

來看預錄的搞笑節目吧。隼人拿起放在玻璃桌上的遙控器，按下開關。

隨即發現不太對勁。

本來應該馬上會有反應的電源燈沒有亮，電視櫃裡的ＤＶＤ播放器不見了。

「咦？怎麼不見了？」

隼人不自覺脫口而出。

遙控器還在，播放器卻不見蹤影。

隼人下意識地在房間裡四下張望，到處都找不到播放器。

難道是故障送修？如果是那樣的話，節目就沒有錄到了。隼人一想到這點，怒氣熊熊燃起。他之前就很期待今天要看的搞笑節目，要是沒看到，明天去學校就跟不上同學的話題了。

「一定是老媽幹的好事。」

對隼人而言，只要有不稱心的事，原因十之八九都出在幸一郎或真由美身上。

「真受不了！」

隼人氣到發抖，滿腔怒氣沒有發洩的對象，又按了一次遙控器的電源開關。

「嗶！」

這時，不是在客廳，而是從走廊盡頭，傳來微弱的電源啟動聲。

「咦？」

隼人皺眉，回頭望向發出聲音的地方。

「聲音為什麼會從那裡傳出來？」

隼人這麼想著站了起來，走出客廳，面向走廊。

走廊從客廳到玄關只有兩個房間，右邊是隼人的房間，左邊是幸一郎的書房。

兩個房間的門都是關上的，看起來也沒有人在。

然而，隼人想起自己房間細微的異狀。

「對了，明明應該有拉開的窗簾，卻自己拉上了。」

隼人把手放在自己房間的門把上。

裡頭傳來風扇運轉的微小聲響，問題是自己的房間並未安裝抽風機。

直覺告訴隼人：

「一定有什麼東西。」

隼人房裡的窗簾不透光，所以光線幾乎無法從窗外透進來。

他躡手躡腳地開門，房內很陰暗，看不清楚裡頭的樣子，但仍然一眼就注意到有個巨大的物體，擺在角落的書桌旁邊。

也能確定風扇聲是那個物體發出來的。

隼人花了一點時間，才看出陰森森佔據房間角落的龐然大物是什麼。

看上去是個「機器人」……，至少是企圖做成「機器人」的東西。

不過那玩意兒的品質，只能用「爛透了」來形容，橫看豎看都像是幼稚園小孩用紙箱及破銅爛鐵拼湊而成的「機器人勞作」。

「這是什麼……。」

隼人只覺得是個無聊的玩笑。

他打開房間的電燈。

隨著視野逐漸變清晰，映入眼簾的「手工勞作」看起來更醜、更沒質感了。那個雙腳往前伸直，坐在書桌旁邊的「作品」，它的頭是顆足球。用兩個五角形做成的眼睛，鑲著兩顆相機鏡頭，做成嘴巴的五角形則是喇叭，兩側貌似耳朵的地方還裝上麥克風。

它頭上戴著一頂類似安全帽的東西，原來是個老舊的銅鍋。

軀幹為箱形的立方體，仔細一看，是隼人小時候玩過的塑膠攀爬架，前後左右和上面都貼滿鋁板，前面則是類似iPad的平板電腦。從攀爬架和鋁板的縫隙還能看見亂七八糟的管線和大量的連接板，似乎沒有可以讓人躲在裡面的空間。剛才在客廳遍尋不著的DVD播放器，就在它身體相當於腰部的地方。看起來做工十分粗糙，根本無法分辨究竟是把DVD播放器裝在軀幹上，還是把軀幹放在DVD播放器上。

大部分小孩第一次看到沒見過的東西，通常會充滿好奇。但當隼人看到機器人從身體往左右延伸的雙手，以及從ＤＶＤ播放器底下往前伸直的兩條腿，是用排水管那種灰色塑膠粗管做成的，他就已經一點興趣也沒有了。圓柱狀的手腳都印有一行黑色的數字、英文字母加ＪＩＳ（譯註：Japanese Industrial Standards，日本工業標準）的商標，大概是水管的型號，顯然是原封不動地直接拿來用。

機器人腳踩著的是，家裡以前就有的收納小木箱，上頭還有隼人小時候亂畫的塗鴉。

一看就知道這個龐然大物是誰的「傑作」。

「呿！」

隼人忍不住低咒了一聲。只有幸一郎會做出這種莫名其妙的東西。

倘若隼人還是幼稚園小孩，或許會歡天喜地大喊：

「哇！是機器人！機器人！爸爸做了機器人給我！」

但隼人已經是國中生了，看到這種用破銅爛鐵組成的機器人，怎麼可能高興得起來。反而感到生氣，覺得父親把自己想得太幼稚。

隼人的房間只有床和書桌、椅子、書架、衣櫃等最基本的家具，空間頂多只能算是剛剛好。不過一想到那是幸一郎留下的東西，就覺得這個勞作體積太大、充滿壓迫感。

房間已經夠小了，再加上幸一郎的勞作，感覺更狹窄。

「煩死了，真礙眼！」

隼人想把那玩意兒拖出去，走近想拿起來，沒想到重得很，以隼人的力氣無法移動分毫。

「搞什麼嘛！」

隼人又低咒一聲，雙手叉腰，瞪著那個「機器人」。

機器人腰部的DVD播放器依舊亮著電源燈，發出風扇運轉聲。

隼人有點在意聲音是從哪裡發出來的，往機器人背後一看，發現機器人背部有個正在運轉的風扇。好幾條電線從DVD播放器後面連向機器人的軀幹，不知連著什麼機關，電源線也同樣通往軀幹，機器人本身好像沒有與房間的插座相連。

既然不用接插頭就有電，想必電池是裝在機器人裡面。隼人試著尋找電池盒之類的裝置，但翻來翻去也找不到。

隼人拿這個礙眼的勞作沒轍，只能狠狠瞪著它，從頭到腳仔細打量。

愈看愈覺得這個機器人不只長得又醜又怪，甚至有點噁心。

隼人一邊觀察，一邊想起自己曾告訴幸一郎，想要ｉＰａｄ當生日禮物的事。

幸一郎或許還記得這件事，所以買了ｉＰａｄ給他，但是又覺得直接給他太沒意思，所以蒐集了這些破銅爛鐵，做成只有小孩才會喜歡的機器人。話雖如此，對已經是國中生，而且也有智慧型手機的隼人來說，現在就算收到ｉＰａｄ也不會太開心。當初之所以想要ｉＰａｄ，其實是想要iPhone但說不出口，因為真由美叮囑過他好幾次，小學生就拿智慧型手機太奢侈了。

「或許是為了製造驚喜，但我一點也不開心。直接把ｉＰａｄ給我就好了，根本不用搞得這麼麻煩。」

隼人抱怨著，伸手探向機器人的身體。

正想把ｉＰａｄ拆下來的時候，手碰到畫面，瞬間螢幕亮起，浮現訊息。

「要啟動ＡＩ　ＵＧ嗎？」

訊息底下出現「Ｙｅｓ」和「Ｎｏ」的符號。

隼人不自覺縮手。

「ＡＩ　ＵＧ？」

按下「Ｙｅｓ」不曉得會發生什麼事，明明是放在自己房間裡的東西，卻不敢隨便亂碰，總之先按下「Ｎｏ」再說。

畫面再度變黑。

隼人雙手環抱在胸前，再一次看向那個機器人勞作。

「既然放在這個房間裡，應該是要送給我的沒錯。」

隼人如此說服自己，小心翼翼再碰了畫面一次。

於是又出現訊息：

「要啟動ＡＩ ＵＧ嗎？」

隼人對那個訊息視而不見，打算硬從機器人身上拆下ｉＰａｄ。他只想要這個平板，問題是平板連著身體和那顆看起來像頭的足球，根本不能使用。

以為只是用雙面膠之類的黏住，沒想到怎麼用力都無法拔下ｉＰａｄ。

「真是的，到底是用什麼固定的啦。」

隼人煩躁地不斷嘗試把平板拆下來，但它每次都發出高分貝的警告聲。

「嗶──！嗶──！」

畫面始終呈現與剛才相同的訊息。

隼人再也無法忍受那個警告聲，點下「Ｙｅｓ」的文字。

然後——

畫面中央浮現「請稍候片刻」的文字，同時有一個光圈以順時鐘方向旋轉，下方的進度條開始由左而右依序變色。

隼人放棄從機器人身上拆下iPad，乖乖依照訊息指示，等待啟動。

寫在進度條旁邊的數字，從○％開始逐漸增加，等到終於變成九十九％的時候，畫面再度變黑。

「咦？……關機啦？搞什麼嘛。」

隼人還以為畫面上會出現各式各樣的圖示，他好幾次試著觸摸沒有任何顯示的黑畫面，一點反應也沒有。

「壞掉了嗎？」

隼人說道，用力拍了一下機器人的身體，瞬間發出「嘰——」的機械聲，接著做成雙眼的相機鏡頭感覺好像在動。

「哇！」

隼人大吃一驚，忍不住向後彈開。

這次配合隼人的動作，機器人換成脖子以上在動，足球……不對，是它的臉轉向隼人。

「動了！」

隼人驚呼。滿心以為只是亂做的東西，沒想到居然像真正的機器人一樣，轉頭面向隼人。

隼人提心吊膽地在房間裡退後，慢慢水平移動到窗邊，試圖離開機器人的視線範圍。

機器人脖子以上的部位跟著隼人移動，伴隨「嘰——」的機械聲，可以確定它正追逐隼人的動作。

然後是轉動脖子的馬達聲，和另一種來源不明的馬達聲出現，ＤＶＤ播放器連接身體的部分也開始旋轉。

「這傢伙到底是什麼鬼玩意兒？」

隼人感到害怕，聲音不自覺顫抖。

「我叫柚子。」

「哇！說話了。」

隼人嚇到腿軟，整個人往後倒，一屁股跌坐在床上。

「柚子……？」

隼人搞不清楚發生了什麼事，下意識重複念出眼前機器人自稱的名字。

「沒錯！請多指教，隼人。」

隼人在床上後退，抱著枕頭退到牆邊，充滿戒心看著莫名其妙的機器人。

看得出來，當隼人不住後退時，相當於眼睛的相機鏡頭，也隨之轉動對焦。

「你到底是什麼東西啦？」

「……柚子。」

柚子這麼說，隨即陷入沉默。用來為機器人降溫的風扇運轉聲，輕輕迴盪在房間裡。

「……你怎麼知道我的名字？」

「我生來就是為了與你相遇。」

「為什麼一定要與我相遇？」

「愛是什麼……為了……告訴你。」

「愛？」

隼人皺眉，看著柚子胸前iPad上寫有「AI UG」的立體標誌。

「AI」也可以念成「愛」。

「UG」大概是這個機器人名字——「柚子」的縮寫。

隼人盯著柚子看，等他繼續說下去，但柚子似乎沒有要繼續往下說的意思。

「反正肯定是我爸做的吧？」

隼人嗤之以鼻地說。

「……不知道。」

機器人不知道自己是誰製造的也無可厚非，畢竟他才剛剛開機。

隼人心想：「難道是被設定為，把啟動後看到的第一個人當成『主人』嗎？」

但又糾正自己：「如果是這樣的話，一開始就知道我的名字也太奇怪了。」

大概是被設定成，一開始就認識自己。

無論如何，這玩意兒百分之百是幸一郎留下的傑作。

「你不知道也無所謂，我知道就好了。你是我爸的作品。」

「……是這樣的嗎？」

「哇咧！」

隼人誇張地裝出跌倒的樣子，這是在學校同學間流行的動作。

看樣子不只是外觀，就連內在也是笨到無可救藥的破銅爛鐵。

手機業者最近推出的機器人都充滿科技感，曲線也很優美，長得人見人愛，聲音也很好聽，以惹人憐愛的動作及表情為特徵，讓任何人看了都會喜歡。而且利用網路與世界接軌，無論對機器人提出什麼問題，都能顯示搜尋結果。

不僅如此，現在連智慧型手機也能辨識聲音、回答問題，但眼前的機器人面對隼人方才提出的問題，只會回答「不知道」、「是這樣的嗎？」而且他的聲音斷斷續續，就像小時候坐在電風扇前說「我們是外星人」那樣，廉價得不得了。因為是幸一郎在自己的研究所，獨立製作的產物，技術上無法要求太多……，即便如此，還是太糟糕了。

隼人以輕蔑的眼光打量柚子。

「是喔……，算了，不重要。那你會做什麼？」

隼人語帶嘲諷地說，語氣夾雜著嘆息。

「……。」

柚子一言不發，只是一動也不動地盯著隼人。

隼人緊繃身體，故作凶悍。

「怎樣啦……，我只是問你會做什麼而已。」

下一瞬間，柚子發出比剛才更大的馬達聲，開始由肩膀部位舉起雙手。從交織的複雜機械音，可以聽出同時有好幾個部位在動。

「哇、哦！」

隼人還以為他只有脖子和身體會動，忍不住驚呼出聲，看著柚子。

由於無法預測柚子會做出什麼動作，隼人內心充滿驚疑。他抱著枕頭、提起重心，準備隨時都能逃走。

柚子以雙手朝向前方的姿勢，把上半身往前傾，雙手撐住地板，膝蓋往奇怪的方向旋轉折疊。

「連腳都會動……。」

沒料到這點的隼人大吃一驚，用彷彿看到什麼髒東西的眼神，避而遠之看著柚子的膝蓋和手肘，往人類關節無法做到的方向轉動。

對未知的恐懼，讓隼人的表情扭曲。

柚子彎折關節、腳底踩地，以跟人類截然不同的方式取得平衡，站起身來。

一站起來，比坐著的時候更有壓迫感。身高約有一百四十公分。

柚子盯著隼人站直，伸出雙腳，往前走了一兩步，然後停下腳步。已經無路可退的隼人，嚇得動彈不得，只能用雙眼瞪著柚子。

柚子在隼人的正前方止步，立正站好。隼人則是動彈不得凝視柚子。

這樣靜止幾秒後，柚子突然發出「卡嚓、噗咻！」的聲音，一隻腳失去平衡彎成く的形狀。

非同小可的驚嚇，讓隼人當場僵住、無法出聲。

隼人不曉得在這麼短的時間內，發生了什麼事。柚子從相當於嘴巴的喇叭中，傳出一句「**哇咧！**」

然後柚子又發出不曉得是放氣還是進氣的「噗咻！」一聲，加上馬達的噪音，慢吞吞地恢復原本直立的姿勢。

這時，隼人終於慢慢開始了解發生什麼事。

除了擺脫恐懼、如釋重負以外，也對造成不安的柚子深惡痛絕，再加上被耍的憤怒，這些情緒全部交纏一起，在心裡迸發出來。隼人用力將枕頭扔向床上，衝出房間。

他原本擔心柚子會追出來，發出震天價響的機械聲，但柚子只轉動臉，用目光追逐隼人的身影，並未移動半步。

⭘

隼人看向手機好幾次，等真由美回電話給他。

這段期間，他連愛玩的手機遊戲都提不起勁玩，一直偷瞄自己的房間，擔心柚子從房裡跑出來。

「看樣子好像不會出來。」

正當他開始稍微感到安心時，門口傳來開鎖的聲音。

隼人從沙發上跳起來，跑出客廳，衝向玄關。

「我回來……。」

不等真由美把話說完，隼人已經衝向真由美，連珠砲似地說：

「媽，家裡有個奇怪的傢伙！」

「奇怪的傢伙？」

隼人牽著真由美的手，拉她走向自己的房間。

「等一下啦。」

真由美的鞋子才脫到一半，就被隼人拉得失去平衡，腳步踉蹌地單腳跳著，從腳踝扯下另一隻腳的包鞋。

「等一下……，好危險，別拉我。」

真由美嘴裡這麼說，臉上卻漾著笑意。

心想隼人大概是一個人看家覺得害怕。最近他雖然經常表現出叛逆的態度，但畢竟還是個孩子，這種孩子氣的地方，讓真由美很高興。

打開隼人的房門，只見柚子直挺挺地站在房間中央，位置與剛才分毫不差，對著自己。

「哎呀！」真由美發出短促的驚呼，但那聲音與其說是害怕，更像是看到可愛貓咪時的驚嘆聲。她臉上充滿好奇，緊盯柚子不放，慢條斯理地走進房間。

「這就是你口中奇怪的傢伙？」

「肯定是老爸做的好事，居然留下這麼詭異的東西。好噁心，妳快想辦法處理掉啦。」

隼人躲在真由美背後，偷看柚子。

真由美彷彿沒聽見隼人說的話，從頭到腳仔仔細細打量柚子。

「對呀，這肯定是你爸做給你的。」

真由美自言自語地低喃，看她注視柚子的表情充滿好奇，似乎真的不知情。

真由美對柚子說：

「你好。」

柚子轉動脖子，面向真由美的方向。

「妳好。」

「哇！會說話耶，還會轉過頭來看著我。」

真由美難掩興奮地說。

「你叫什麼名字？」

「我叫柚子。」

「這樣啊，你被取名為柚子啊。」

真由美的表情變得更溫柔了。

「請多指教，柚子。我是真由美。」

「妳好，真由美。」

「哇！好厲害，真的可以對話耶。」

真由美佩服的對象並不是柚子，而是做出柚子的幸一郎。

隼人苦著一張臉說：

「現在早就可以跟手機的Ｓｉｒｉ對話了……。」

「是這樣沒錯，但這個……，柚子會動耶。」

「會動喔。不只會動，還會走、會站、會坐，所以才令人不舒服不是嗎？」

「是嗎……。」

真由美看上去更佩服了，凝視著柚子的雙眼閃閃發光。

「柚子，你可以走兩步看看嗎？」

柚子發出機械音，走了一步、又一步，在狹小的房間裡繞圈圈。

「讓機器人站起來用兩條腿走路，應該不是那麼簡單的技術喔，居然能做到這個地步……。」

真由美感慨良深地說道，被隼人瞪了一眼。

「或許是那樣沒錯，但爸用的零件也太沒品味了。」

真由美忍不住噗哧一笑。

「這倒是。」

隼人無法理解這件事有那麼好笑嗎？

「柚子，可以了，停下來。」

柚子遵照真由美的指示，停下腳步。

「這裡是你住的地方嗎？」

「我是、為了……讓、隼人明白……愛是什麼，才被創造、出來的。」

「這樣啊。」

真由美眉飛色舞地猛點頭。

「看樣子，柚子是爸爸為你製作的『朋友』呢。」

「朋友？」

隼人扯開嗓門，大聲表示他的不滿。

「才不要咧！我才不要跟這麼畸形、用破銅爛鐵拼湊起來的機器人當朋友。平常大家就已經在傳，我們一家人都是怪胎了。要是讓人知道我們家裡還有個詭異的機器人，我還要活嗎？真是的，都怪爸爸老是做這些莫名其妙的事，害我成為其他人的笑柄。」

「怎麼會，長得還滿可愛的啊。你爸爸那麼沒有繪畫天分，我認為已經做得很好了。」

隼人靠近柚子，開始繞著柚子轉圈圈。不只正面，還想觀察他的背面和側面。

「你在做什麼？」

「這玩意兒太佔空間了，我想關掉電源，丟進爸爸的房間。」

真由美望著隼人，看得出來這孩子正慢慢失去耐性。

「柚子，你的開關在哪裡？」

「我、沒有開關。」

「沒有開關？怎麼回事？」

隼人破口大罵。

「**柚子的電源，無法關掉。**」

「夠了！饒了我吧。媽，幫我丟掉啦。」

隼人帶著一臉想哭的表情衝出房間，順手用力甩上房門。

「砰！」

門發出砰然巨響關上，隼人的房間頓時變得寂靜。

柚子望著門的方向，維持不動。

真由美凝視著柚子。

幸一郎這個月能不去上班就不去上班，一有空就窩在研究所，不知在忙什麼。如今，眼前這個機器人就是一切的答案。

他肯定是覺得，不能把正值青春期的隼人丟給真由美一個人，自己出差好幾個月，所以才拼命做出來的。

「我有個想法。」

眼前的「柚子」，大概就是他的「想法」。

舉例來說，製造一輛汽車好了，不是由熟知一切的專家獨立開發，而是分成許多細節，交給各部門的各領域專家──例如引擎專家就不懂車燈的竅門，車燈專家則不了解煞車的原理──必須分工合作，才能生產一輛汽車。

原則上，機器人大概也是以這種方式製造，理應不是某個天才能憑一己之力做出來的東西。但眼前的「柚子」，卻是由人工智慧專家幸一郎，靠無師自通的機器人工學，竭盡所能創造出來的作品。那歪七扭八的做工，反而更突顯了這是幸一郎的心血結晶，令真由美打從心底無限喜愛。

還不知道柚子能做什麼，是什麼樣的機器人，但只能相信幸一郎的判斷了。

真由美對柚子說：

「柚子，我去和隼人談談，你可以先待在這個房間裡嗎？」

「好的。」

柚子似乎能理解她說的話，移動到書桌旁，伸出兩條腿坐在地板上。

「真乖。」

真由美說道，碰了碰柚子的肩膀，離開隼人的房間，走向客廳。

隼人整個人橫躺在三人座沙發上，抱著抱枕，背對真由美。

真由美瞥了他的背影一眼，走進廚房說：

「我要來準備晚飯了。」

隼人忽然站起來，氣到滿臉通紅，將無處發洩的怒氣，遷怒到真由美身上。

「爸爸好過分噢，居然把DVD播放器裝在那種破銅爛鐵身上，害我看不到今天要看的搞笑節目。」

真由美動手準備晚飯，一邊回答：

「看不到想看的節目固然很可惜，但是換個角度想，自己的房間裡有個搭載人工智慧的機器人，不是更神奇嗎？」

隼人不以為然。

「才怪！我才不要。我討厭那個機器人，也討厭害我沒錄到搞笑節目的爸爸。」

隼人無法壓抑自己憤慨的情緒，愈說愈激動，甚至流下眼淚。

「還有那顆足球，他居然擅自拿我的足球來用，還做成機器人的頭，這下子我氣死我了！我絕不原諒他。」

隼人開始抽抽噎噎哭起來，再次背對真由美倒在沙發上。

真由美停下做菜的手，走進客廳，在隼人癱倒的沙發上坐下。

「那個舊足球是你最近已經沒在踢的，反正你還有一顆新足球，有什麼關係。」

「才怪！就是有關係。」

「我明白你的心情，可是你也得想一下該拿那孩子——拿柚子怎麼辦。」

「關我什麼事，妳隨便找個地方丟掉啦。」

「話不是這麼說的吧。你已經打開人工智慧的電源，開始與他對話。已經跟家人沒兩樣了，怎麼可以隨便丟掉。」

「我可不記得自己要求過、想要這樣的家人。外表也長得好畸形，既然要做，幹嘛不做成性能更好的機器人。」

「柚子看起來雖然不怎麼樣，但性能好像很厲害喔。」

「少騙人了。」

「真的啦。現在世界上的機器人，頂多只能執行事先輸入的指令，但柚子不只這樣吧。他好像能透過鏡頭看見東西、聽到人類說話，也能說出自己的想法。世上有這麼像『人類』的機器人嗎？那孩子真的很像人類喔。」

「那種事一點都不重要好嗎？我不需要那麼噁心的東西。」

真由美大大嘆了一口氣，把手放在隼人的肩膀上。

「隼人，我明白你的心情。不過，你先聽媽媽說一件以前的事。」

隼人無言背過身去。

原本因啜泣顫抖的背，逐漸冷靜下來。

「我告訴過你，你曾經有個弟弟的事嗎？」

真由美出乎意料的告白，嚇得隼人沒多想就轉過身來。

「我果然沒告訴過你。那是你一歲時的事。媽媽的肚子裡有了小寶寶，原本應該是你的弟弟。」

「沒有生下來嗎？」

真由美點頭，臉上還掛著笑容。

「很遺憾……。爸爸媽媽真的好傷心。可是我們還有你。於是我們約好了，要連同沒能誕生的孩子，把所有的關愛都給你。『由志』是你爸爸本來要為那個孩子取的名字。」

「我有個名叫由志的弟弟……？」

真由美再次點頭，轉頭看向隼人的房間。

「那個機器人自稱『柚子』。所以爸爸創造出那個孩子，會不會是為了給你一個弟弟呢。」

「怎麼可能……，做夢都沒想過會有的弟弟，有一天突然出現在自己的房間裡，也只會帶來困擾而已。」

隼人的語氣比剛才冷靜許多。

「也對，或許是那樣沒錯。可是媽媽無論如何都沒辦法當柚子只是『東西』。雖然完全不知道是什麼構造，但他看起來是會說話、會思考的人，跟真正的人類沒兩樣。更何況他還說了，他是為了『告訴』你愛是什麼，才被創造出來的。」

「就算妳這麼說，但我可沒拜託爸爸做這種事……，我該怎麼辦才好？」

隼人又要哭出來了。真由美搖搖頭。

「媽媽也不知道該怎麼辦。不過在爸爸回來以前，只能把柚子也當成家人，一起生活。如果是普通的機器人，不需要的時候關掉電源就好，可是柚子沒有開關不是嗎？既然如此，我們只有一個選擇。」

「照顧他嗎？」

隼人一臉嫌惡地說。

「或許有時候要照顧他，但基本上只要把他當成家人，一起生活就好了。」

「他什麼時候才會沒電？」

真由美聳肩。

「這個我也不知道。」

經過真由美曉以大義，隼人雖然還是不太情願，但總算也接受柚子的存在了。

與其說是接受，不如說是死心。既然無法關掉柚子的電源，又不能丟掉，除了一起生活以外，沒有別的選擇。

在那之後，隼人吃了稍遲的晚餐，像平常一樣悠閒泡澡，準備好要睡覺、再次回到自己的房間時，已經過了晚上十點。

他一推開門，坐在書桌旁的柚子只有臉轉向隼人的方向。

隼人想說些什麼，卻又不知該說什麼話才好，瞥了柚子一眼，從他前面走過，來到書桌前。自己房間裡有個莫名其妙的機器人，實在令人靜不下心來。

柚子跟著隼人的動作轉動脖子，除此之外沒有其他動靜。

「你在做什麼？」

隼人一臉不耐煩，盡可能簡短地回答柚子的問題。

「準備明天上學的東西。」

「上學……。」

柚子自言自語地複誦，發出硬碟運轉的馬達聲停住。他大概具有上網搜尋的能力，可以從聽到或看到的東西蒐集情報。看起來正在搜尋「上學」這個關鍵字，並學習那是什麼意思。

「柚子也、要去、上學嗎？」

「不用！你留在家裡看家。」

「好。」

隼人聳肩搖頭。

他毫不掩飾自己的不耐煩，把教科書扔進書包裡。

MAYUMI　　20XX/07/14　23:32
收件者：k_tsukiyama@XXXXXX
主旨：「柚子」是什麼？

老公

你現在還在飛機上嗎？
一想到從今天開始，
要暫時和隼人兩個人生活，
就覺得有點緊張，做好心理準備後，
下班回來卻嚇了一跳。
家裡居然有個機器人，你都沒告訴我。

你最近忙著製作的東西就是「柚子」吧。
你期待隼人會有什麼反應呢？
很遺憾地告訴你，隼人好像不喜歡，
一直吵著叫我拿去丟掉，真傷腦筋。
他完全鬧起脾氣來了。

因為他怎麼樣也說不聽，我就趁這個機會告訴他「由志」的事了。

於是，他雖然不太情願，
還是能理解必須接納這個新的家人。
……之後的事真令人擔心。

不過，一切才剛開始，
我不能一開始就這麼沒自信。

話說回來，由於我不曉得柚子會做什麼，
所以也不知道怎麼回答隼人的問題。
總之，我決定相信你做出來的「柚子」，
靜觀其變。

家裡的事我會想辦法解決，你工作加油。

真由美

家教從說謊開始

「隼人，你今天看起來心情不太好，發生什麼事了？」

下課後要去參加社團活動時，典明在走廊上問道。

想也知道，柚子的事要是向誰透露了隻字片語，自己肯定會被當成「怪人」。隼人滿腦子都是那個機器人的事，卻又不能找任何人商量。

「昨天回到家，發現ＤＶＤ播放器壞掉了，真是氣死我了。沒看到今天大家討論的搞笑節目，害我跟不上話題，預錄的連續劇也全部泡湯了。」

「那的確很氣人呢。我昨天去補習班也累慘了，七點去，十點才回家喔。」

「哇……，三個小時啊！」

隼人做出誇張的動作，仰天長嘆。

「遇到一個熱血的老師，充滿幹勁說要徹底教我教到會為止。一想到以後每天都要過這種日子，就覺得好鬱悶。」

這時，有人從背後撲到他們身上。

是野口將士。

「喂！你們昨天怎麼沒來？」

看樣子，將士昨天被三年級的戶田學長找出去玩了。

「小口，你去啦？」

大家都喊將士「小口」，「野口」的「野」不知道從何時起被省略了。

「嗯。戶田學長的學長姓藤田，藤田學長人超好的，所有的花費都是他請客。我們先去速食店，然後去打撞球。你們打過撞球嗎？我第一次玩，一下子就迷上了。他們今天也約我去玩。社團活動結束後，你們也一起來吧？」

典明搖頭。

「我很想去，但沒辦法。」

「為什麼？」

「因為今天也要補習……。」

典明垂頭喪氣地說。

「補習班蹺掉就好啦。」

「怎麼可能蹺得掉。」

「沒問題啦，只要打個電話，說你肚子痛要請假就行了。」

典明稍微想了一下，但還是愁眉苦臉地說：

「不行不行，不可以。」

「典明，瞧你怕成那樣，沒想到你是個膽小鬼。」

將士用看不起人的語氣說道，但典明的表情不為所動。

「不管對象是誰，既然已經答應了，我就不想言而無信。」

或許是從典明臉上看到堅定的意志，將士不再強人所難。

「隼人呢？」

「我？我嘛……。」

「隼人會來吧？」

將士像是挑釁般看著隼人，言下之意擺明了「不去就不是男人」。

「還是你也怕挨罵不敢來？我都這麼熱情約你了，一般人都會來吧……。」

隼人被「一般」二字說動了。

「……只要別太晚回家我就去。」

「放心啦。時間到了大可以先走啊，我會幫你向戶田學長說一聲。」

「好吧，那我去。」

那一瞬間，隼人能猜到母親會說什麼，但是只要別太晚回家，應該不要緊吧。以前曾經在朋友家玩到八點半才回去，當時她也沒特別生氣。只要記得先打通電話回家，應該就沒問題。

雖然隼人並不覺得將士的邀約很吸引人，但總比回家好。誰叫「那傢伙」還在家裡等他。

隼人還不知道該如何對待從天而降的「柚子」。這種情緒大概就是所謂的「不安」，但是在隼人心中卻變成「不滿」，再轉變成「憤怒」。

「我之所以不想回家，都是那傢伙害的。就算因為晚回家被媽媽罵，也不是我的錯。全都怪那傢伙、和做出那種鬼東西的爸爸。」

隼人在心裡反覆這麼想，合理化自己做的決定。

⬠

走出撞球場，騎上腳踏車時，隼人感覺到放在口袋的智慧型手機在震動。

拿出來一看，頓時有股胃被揪成一團的錯覺。

真由美打來的未接來電，一共有八通。

原本想找空檔打通電話回家，可是當時的氣氛實在說不出：

「我去打個電話。」

更何況，要是從撞球場打電話回家，擺明是對母親說謊，這也令他裹足不前。

當撞球場牆上的鐘指到八點三十分時，隼人告訴學長們他想回去了，但將士充耳不聞，纏著要他再玩一局就好。

明知母親會擔心，但又心存僥倖，認為母親要是擔心會自己打電話來，所以就陪他們再玩一局。

沒想到那一局玩得比想像中還久，現在已經九點二十分了。

更糟的是，真由美果然打電話來了，但位於地下室的撞球場，似乎收不到訊號。

事實上，真由美從回到家的七點左右，就打了好幾次電話給他。

直覺告訴他「完蛋了」。

比起聽語音留言或打電話報平安，隼人決定先回家。他飛快地踩著腳踏車，抓緊時間，大概十分鐘就能到家。

必須在這十分鐘以內想好理由，被問到為什麼這麼晚回家、在哪裡做什麼，才能回答。大方向已經打好草稿了，但是必須連說詞的細節也想周全。

隼人埋頭踩著腳踏車往前。

「我回來了。」

隼人輕聲低語，打開門。走廊盡頭的門被用力推開，真由美從客廳衝出來。

「混到這麼晚，你到底上哪兒去了？我打了好幾次電話給你，都打不通。」

「呃，補習班……。」

「補習班？……怎麼回事？」

「我們班上的典明約我『要不要來我上的補習班看看？』因為我上次的成績很難看嘛，想說聽聽看補習班在教什麼也無妨，就跟著去了，補習班又說可以旁聽，所以我就一直待到最後。」

隼人不敢正視真由美的雙眼，邊說邊從冰箱拿出麥茶。

「之所以沒注意到電話，是因為課堂上規定要關機……。」

「就算是那樣，為什麼不先打通電話告訴我？」

「我也想打電話，但是去了以後馬上開始上課，所以就沒有時間打了。」

「哪一家補習班？」

「呃……幹麼問？」

「因為你突然跑去聽講，得向對方道謝才行。」

「不用啦，別這麼做。」

「為什麼？」

「嗯……我雖然上了課，但不是很喜歡，可能不喜歡那裡的氣氛吧，而且推銷很煩人，一直纏著問我的電話號碼，所以我藉口要和父母商量，趕緊落荒而逃。要是妳主動打電話過去，一定會被強迫推銷……。」

真由美雙手抱胸，直勾勾地盯著隼人。

隼人認為自己已經說得合情合理了，但真由美的眼神似乎在警告他：

「給我從實招來。」

因此他無論如何都沒有勇氣正視真由美的雙眼。

隼人沉默了半晌之後，小聲回答：

「對不起，沒有先打電話跟妳說。」

真由美大大嘆了一口氣，盯著隼人說：

「下次如果要再去補習班旁聽，一定要先打電話告訴我一聲。」

隼人一臉順從地乖乖點頭，抬眼偷看真由美，她的表情看起來很悲傷。

「我知道了。」

隼人放下心中的大石頭。

「呼……，總算逃過一劫。」

然後他頭也不回地逃回自己房間。

剛剛滿腦子只想著如何躲過母親的質問，而把柚子忘得一乾二淨。隼人一走進房間，映入眼簾的景像令他忍不住驚呼「哇！」，這才想起從昨天就一直坐在同一個位置的柚子。

「你回來啦。」

隼人沒理會柚子，從他面前走過，撲到床上躺下。

柚子目光追隨隼人轉動脖子，因為得不到隼人的回應，動也不動，怔怔地注視隼人的方向。

隼人忽視柚子的存在，拿出手機開始與朋友用LINE聊天。

聊天內容從看誰不順眼、那傢伙很囂張，到互相傳作業的答案。

檢查過所有內容，回完訊息後，隼人從床上跳起來，坐在床上，重新面對柚子的方向。

「你從剛才就一直看著這邊，沒別的事做嗎？」

柚子表現出稍微側著頭的模樣。

「還有，我每動一下，你也會稍微動一下脖子或身體吧。可以關掉那時候發出的『嘰、嘰』聲，和一直從背後傳來的風扇聲嗎？吵死了。」

「柚子，在家裡看家。聲音，關不掉。」

「真是夠了。」

隼人抓頭。

「好吧，我知道了。柚子，你去客廳幫媽媽的忙。」

隼人隨口說。

「好的。」

柚子站起來，開始往外走。軟式網球製成的手，中間好像有類似骨頭的東西，柚子靈活改變手的形狀，抓住門把後開門。

「哦。」

隼人驚訝於柚子意外地聽話，當他消失在房間裡，頓時感到神清氣爽，再次躺回床上，開始玩手機。

不一會兒，客廳裡傳來真由美的聲音。

「吃飯了。」

隼人只應了一聲「嗯。」走出房間。原想一被呼喚就出去，但實際上已經又過了十分鐘左右。

柚子正在廚房，不知道和真由美在說些什麼。

隼人冷眼旁觀，走進客廳，在餐桌前坐下。桌上已經擺好飯菜。

「隼人，柚子好厲害噢。」

真由美的語氣與隼人剛才回來時截然不同，充滿驚奇、聽起來很開心。柚子待在自己的房裡時非常礙眼。如今拜他所賜，稍微得救了。只要繼續聊柚子的話題，真由美應該不會再追究自己晚歸的事。

「你還是有一點用處嘛。」隼人在心裡想著。

「怎麼個厲害法？」

總之，要避免真由美再次問起他今天去哪裡，於是隼人順著真由美的話問。

「我看著冰箱裡的食材，隨意問柚子這些食材可以做什麼菜。結果柚子把冰箱裡的東西看過一遍，告訴我只要有這些調味料，就能做出七十五道菜，告訴我其中最受歡迎的是○○菜。」

「欸？」

隼人有些驚訝。

「他還問我：『要不要做做看？』我說我想做做看之後，他就告訴我全部的步驟，像是要先切洋蔥、現在要加入調味料等等。你相信機器人能做到這種事嗎？」

真由美打從心底對柚子的性能感到驚訝，甚至還有點害怕的感覺。柚子具有的能力包括從外表就能判斷是什麼材料，並提出建議可以做成什麼菜。不僅如此，就連加入調味料的時機，都能即時做出指示，這到底是怎麼辦到的？

真由美心想可能是解析影像的情報，再比對網路上的資訊……，但實際如何運作，她完全搞不清楚。雖然不懂原理，但可以確定將這麼複雜的功能化為現實的機器人，是由幸一郎製作出來的。

「是噢……。」

隼人發出佩服的讚嘆，拿起筷子。

真由美就坐在面前，所以隼人盡可能不要和她四目相對，專心吃東西。可是該說事情如同他所擔心的，還是果然不出所料呢？當話題突然斷掉時，真由美開口的第一句話，就跟「補習班」有關。

「可是啊，真沒想到隼人會考慮去補習的事。就算不喜歡今天去的補習班，要不要去別的地方看看？」

「什麼？不用了，今天是典明硬拉我去的。我打算再自己用功一陣子。」

「要是你自己能搞定就不用那麼辛苦了。再說，你都已經不懂了，要怎麼靠自己學習？」

「這個嘛……。」

隼人不知該怎麼回答。柚子杵在廚房裡的身影無意間映入眼簾。

「不懂的地方就問柚子。」

隼人牽強地說。

真由美不禁望向柚子，臉上出現「這或許是個好主意」的笑意。

「柚子，過來這邊。」

對真由美的聲音做出反應，柚子走上前來。

「柚子，你能教隼人功課嗎？」

柚子點頭。他的動作看起來，像是因得到新任務而開心。

◎

吃完飯、洗好澡，隼人回到自己的房間。

柚子也照老樣子，坐在書桌前。

「唉。」

隼人嘆一口氣，不情願地扯過書包，把裡面的東西全倒在床上，抽出數學作業的講義和教科書，放在桌上。

「啊……，真麻煩，為什麼非寫功課不可啊。」

隼人出聲抱怨。

「**為什麼、明明覺得很麻煩，還要學習呢？**」

隼人苦笑，以回答都嫌麻煩的態度說：

「因為成績太差就不能踢足球了。」

「**學習、是為了得到，可以踢足球的成績嗎？**」

「沒錯。」

「**未來呢？**」

「未來？」

「**中學生、大家，都是因為對未來感到不安，才學習的。隼人不會對未來感到不安嗎？**」

「我只要能考上高中，哪所學校都無所謂，因為上了高中就能打工。比起未來的事，現在更想玩。」

「隼人討厭、學習嗎？」

隼人露出無比厭惡的表情說：

「討厭！沒有人喜歡吧。」

「還是有很多人，喜歡學習。」

隼人逐漸失去耐心。

「什麼嘛，柚子，反正你也跟老師一樣，只會說什麼學習是為了將來的自己，不學習會害將來的自己吃苦頭吧。」

柚子發出機械運轉聲，左右搖頭。

「隼人，不會吃到苦頭。」

「什麼？」

「會因為不學習而吃到苦頭的、不是隼人，是隼人身邊重要的人。」

「少囉嗦！」

隼人背對柚子，面向書桌，開始解數學題。

不懂的問題，明明只要問柚子就好了，但是隼人心裡萌生對柚子的憤怒，賭氣地想「誰要靠這傢伙啊」。

同時，柚子說的話也縈繞在腦海，難以抹去。

遇見新價值觀的衝擊，足以翻轉自己過去的價值觀。

雖然很不甘心，但隼人感受到的情緒，比較接近這種衝擊。

「因為不學習而吃到苦頭的，將是我身邊重要的人……，為什麼？」

其實還不太明白這句話的意思，但是用來當作勉勵人用功的理由，隼人覺得非常具有說服力。

MAYUMI　20XX/07/15　23:44
收件者：k_tsukiyama＠XXXXXX
主旨：讓人有點擔心的事。

老公

時差調整過來了嗎？
謝謝你的回信。
總之你好像平安抵達了，我也鬆一口氣。

關於柚子，居然連你也沒預料到會發生什麼事，真意外。
因為你安裝了教隼人學習什麼是「愛」的程式，既然你說不會發生什麼奇怪的事，我就放心了。

我先觀察一下情況，要是柚子出現異狀，我立刻跟你聯絡。

不過，現在已經發生一件讓我有點擔心的事了。
隼人混到晚上九點半才回家。
我很擔心打了好幾次電話給他，
但是他一直沒開機。

問他為什麼這麼晚回來，
他說「我去補習班旁聽」，
但一聽就知道是在撒謊。
因為，他身上的衣服有菸味。

恐怕不是去打電動，就是去唱 KTV，
再不然就是去朋友家……。
因為他說話時的口氣沒有菸味，
應該不是他本人抽菸，
但他肯定是去很多人抽菸的地方玩了。

要不由分說地逼問他比較好……？
還是再看狀況，靜觀其變比較好呢……？
身為母親，我感到迷惘。

結果還是不知該怎麼說才好，
今天就警告「不准再犯」放他一馬。

不禁覺得，青春期的孩子都這麼麻煩嗎？

但也因為這樣，柚子成了隼人的家教，
算是稍微值得高興的事吧。

我會再寫信給你。晚安。

真由美

標的

看到隼人雙手插在口袋、整個人靠在椅背上，百般無聊等上課的模樣，坐在隔壁的三澤圓花不禁微微一笑。

隼人注意到她的反應，臉轉向圓花問道：

「怎樣啦。」

圓花搖搖頭。

「只是覺得好稀奇啊。」

「稀奇什麼？」

「平常每到數學課前的下課時間，你都會說『作業借我看！』趕在老師進教室前，手忙腳亂地抄我的作業，今天卻沒聽你這樣說。」

隼人臉上浮現遊刃有餘的笑容。

「我可是個該出手時，就會出手的男人喔。」

「咦？你作業寫好了？」

「那當然。」

換作平常，隼人每堂課只想著「能不能趕快下課」，不然就是滿腦子在想作業還沒寫「該怎麼矇混過關」、「怎麼樣才不會被老師發現」。今天居然有點期待趕快上到第五堂課。完成該做的事後，令人心情大好。

圓花噗哧一笑。

「築山同學也是該出手時，就會出手的男人啊。」

「妳那個語氣是什麼意思，聽起來，妳好像認為我連這種小事都辦不到。」

「我的確是這麼認為啊。」

「哇咧！」

隼人擺出流行的開玩笑姿勢，誇大地假裝跌倒。

圓花又笑了。兩人感覺距離比平常拉近了幾分。

「因為你以前從沒寫過作業啊。……不過，這樣我就放心了。我還以為築山同學只會耍寶，遇到討厭的事只會一直逃避。」

「妳覺得我是那種人嗎？那又為什麼放心了？」

「因為那種人很可怕，而且還很遜。」

隼人很在意圓花口中的「遜」字，但是更在意「可怕」這個詞。

他做夢也想不到，居然會有人覺得自己可怕。

「可是，你為什麼會改變態度呢？明明你總是說念再多書也沒有用。」

「嗯？……就自然變這樣了。」

隼人說到這裡，上課鐘響起。

還站著的人全都回到自己的座位坐下，拉開椅子嘎啦嘎啦參差不齊的聲音，響徹整間教室。隔壁教室也發出相同的聲音，隨著不冷不熱的暖風，從敞開的窗戶傳了進來。

導師田中老師走進教室時，教室裡響起值日生了無生氣的口令聲：

「起立。」

彷彿呼應無力的口令，學生推開椅子站起來的聲音此起彼落，花了一點時間才全部起立。夏天悶熱的空氣凝結成一團，無聲無息在敞開的窗外竄動；籠罩在這股熱氣下，每個人都失去活力，教室裡充滿昏昏欲睡的氣息。

敬完禮，又花了些時間才全部坐下，教室裡跟平常一樣吵吵鬧鬧。

「喂！別再聊天了，都給我安靜。」

田中老師不耐煩的聲音，迴盪在教室裡。

「接下來要對作業的答案，所有人都把講義放在桌上。」

田中老師發出指令，開始把問題寫在黑板上。

他寫完一題，從講臺上轉過身時，還有幾個不安分的學生，有人把抽屜裡的東西全部翻出來，檢查講義是否夾在教科書裡，有人在仔細翻找書包。

田中老師嘆口氣，大聲說：

「還不拿出來嗎？」

「假裝」在找的學生緊張到極點，自言自語地咕噥：

「咦？怎麼找不到……。」

「好奇怪啊。」

他們繼續裝傻，已經不曉得是第幾次翻開一整疊教科書。

那拙劣的演技真不知該說是滑稽，還是蹩腳，隼人忍不住苦笑。

明眼人一看就知道，他們根本沒寫功課。

自己心裡最清楚，再怎麼找也找不出任何東西來，卻還要浪費時間，逼老師不得不放棄他們，開始對答案。

「怎麼，你們沒寫功課嗎？」

有學生惱羞成怒，回答田中老師的質疑：

「昨天明明寫好了，但忘記帶來學校。」

受到這句話帶動，其他幾個學生也不再假裝尋找，異口同聲地說：

「我也寫好了，但是忘記帶。」

田中老師似乎想說什麼，但又把話吞回去。他「啪！」地一聲，打開黑色封面的點名簿，隔著眼鏡、目光如炬地打量每一個人，不知在檢查什麼。

「今天還有其他忘記帶作業的人嗎？」

此話一出，有幾個根本連假裝找都沒有的學生，慢吞吞地舉手。田中老師指著每一個人，要他們把手放下，一面在點名簿上做記號。

他確認過所有人之後，彷彿想起什麼似地，看了隼人一眼。

田中老師好像是納悶隼人怎麼沒舉手，但是看到他攤開在桌上的講義後，隨即撇開視線，雙手撐在講桌上。

「你們連功課都不寫的話，將來真的會很辛苦喔。就算考試前哭著跑來求我，我也不管喔。」

班上的氣氛變得很凝重。

認為與自己無關的學生只是安靜坐著，忘了寫作業的學生則低著頭，與其說是反省，更像在等待暴風雨過去。

「我可是為了你們好才這麼說的。」

耳邊傳來田中老師的訓話聲。

鴉雀無聲的教室裡，可以聽見隔壁班老師意外充滿活力的聲音「popular」，以及學生死氣沉沉地複誦「popular」，貌似在進行英語發音練習。

「現在就會偷懶，將來有你們好受的，明不明白？」

田中老師這句話令隼人下意識抬起頭，盯住老師的雙眼，在心裡喃喃自語：

「不對，將來會吃苦頭的不是自己，而是自己身邊重要的人……。」

事實上，比起田中老師這番話，隼人感覺柚子昨天說的那句話，更能激發內心深處的動力。

田中老師注意到意志消沉的班上，隼人是唯一一個浮現跟大家不同表情、盯著自己看的人。老師隨即撇開視線，輪流看了所有學生一眼。

「下次要乖乖寫作業喔。」

老師這句話代表暴風雨過去了。

好似擺脫了肉眼看不見的低氣壓，教室裡的空氣不再沉悶得令人窒息。

「隼人，今天也去玩吧。」

社團活動結束、正在整理器材的時候，將士對他說。

隼人沒正眼瞧將士，雙手忙著收拾紅色三角錐，回答說：

「今天沒辦法。」

「為什麼？去嘛、去嘛。」

隼人猛搖頭。

「不行啦，你去約典明。」

「那傢伙約不動啦。自從他開始去補習以後，就變得很難約了，所以根本懶得約他。在這方面，你比他更重視朋友，隼人。」

將士都說到這個份上，隼人開始思考有沒有什麼辦法可以去，但昨天的藉口對真由美已經行不通了，又想不到別的理由。老實說，要是今天還跟昨天同樣的時間回家，不管用什麼藉口，真由美都不會接受的。

「你玩到這麼晚，爸媽都不會說什麼嗎？」

「不會啊。」

「不會叫你去補習嗎？」

「也不會。我爸媽都不愛念書，所以常說就算不會念書還是可以活得下去，甚至擔心萬一我很會讀書，說要去上大學該怎麼辦。我媽還告訴過我『我們家沒有那個閒錢。』」

「那不就可以愛怎麼玩就怎麼玩了。」

「還好啦。」

將士得意地挺起胸膛。

隼人嘆了一口氣。

「我們家可沒有這麼好說話，光昨天一天就累死我了，等風頭過了再約我吧。」

「呿！搞什麼嘛。連你也這麼難約。拜託嘛，就當是給我個面子。」

將士改變邀約手法，雙手合十，向隼人請求。

就算他苦苦哀求，辦不到的事就是辦不到。隼人無計可施地苦笑回答：

「還是不行，抱歉。」

隼人背對將士，把堆成一落的三角錐扛在肩上。

「我這麼低聲下氣求你，你還是不肯答應，我總算看清你了！」

將士朝隼人的背影說道，轉身走向戶田學長身邊，學長算準了社團活動結束時間來接他。

不知將士對戶田學長說了什麼，但隼人可以感受到，兩人尖銳的視線射向自己。

將士就算了，被戶田學長盯上是很可怕的事。

為了躲避兩人的視線，隼人扛著重重的三角錐，加快腳步逃離現場。

「就算有點勉強，還是跟他們去比較好嗎……。」

隼人腦中閃過這個念頭，但真由美的臉隨即浮現。

領悟到無論有什麼理由，今天都不能再去撞球場了，隼人搖搖頭。

過了一會兒，典明推著裝滿球的手推車走進社團教室。

「典明，你今天也要補習嗎？」

「嗯，要啊。」

「這樣啊，真辛苦。」

典明露出苦笑。

「還好啦，不過我已經不像一開始那麼討厭補習了。」

「為什麼？」

「嗯……，因為我覺得要是能學到東西也挺開心的。」

「居然會覺得學習很開心，你真是個怪胎。」

隼人取笑他。典明微微一笑。

「或許吧。我也覺得自己是個『怪胎』。因為我做夢也沒想到，自己竟然會覺得學習很開心。」

面對爽快承認「自己是怪胎」的典明，隼人不知道還能再說些什麼。典明反問隼人：

「你今天也要和小口一起去玩嗎？」

隼人搖搖頭。

「我家可沒有小口家那麼開明。」

「喔，不過這樣或許比較好。」

「什麼意思？」

「最近小文他家……，啊，就是戶田學長。因為我們是鄰居，所以我才會知道。聽說一到了晚上，不去高中上課的學長們，就會騎著電動腳踏車在他家集合，小口好像也加入了。但是那種團體要加入很簡單，要抽身可就很困難了。」

「真的假的？」

「當然是真的。因為昨天也集合，我還很擔心你是不是也去了，但是去便利商店買東西的只有小口一個人，你在那之前就回家了吧？」

「對呀。」

「小口之所以約你，會不會是因為那群人裡面，只有小口一個人剛上國中啊。其他人都跟戶田學長一樣大，或是年紀更大的人。我猜小口大概是擔心再這樣下去，只有自己被當成『跑腿小弟』使喚。你最好小心一點喔。」

典明才說到一半，隼人的表情已經僵在臉上。

自己以為昨天只是單純被手頭闊綽的學長請客，度過愉快的時光，沒想到學長還有要拉他入伙的同學，心裡卻是打著其他算盤。

隼人和典明收拾完東西後立刻換衣服，離開社團教室。

再拖下去，難保不會遇到將士和戶田學長。

◎

隼人一踏進自己的房間，只見柚子伸直雙腳坐在老地方。

「你回來啦。」

柚子轉動脖子，面向隼人對他說。隼人提不起精神回應，把書包扔進房間裡，自己倒是沒進去，而是關上門，走向客廳。

躺在沙發上看手機，LINE的對話中充滿將士沒完沒了的訊息。

「H.T.好可惡！那傢伙是背叛者。」（譯註：H.T.為「隼人」的日文發音縮寫）

「背叛朋友的傢伙，只會落得被排擠的下場。」

接在他的留言之後，平常跟將士蛇鼠一窩、在學校也算是有點叛逆的人，紛紛予以回應。

「真的嗎？」

「好可惡啊。」

「我也不跟他做朋友了。」

「那傢伙小學的綽號就是『怪人』。」

「真的很怪。」

雖然沒有明白寫出「隼人」的名字，但是從不斷更新的留言，任誰都能一眼就看出指的是隼人。

而且在一長串的訊息中，完全沒有擔心隼人、替隼人說話的留言。想必大家都害怕萬一說錯話，自己會成為被砲轟的目標。

隼人想反駁，但又覺得不管寫什麼，都敵不過多數人的詆毀，也不想再看到那些留言，於是關掉手機，往玻璃桌上扔。

明天到學校，肯定會有很多人問他：「發生什麼事了？」屆時只要回答：「我沒看手機。」就省事多了。事實上他也真的沒看。

一想到明天還要上學，就覺得頭好痛。

腦海中浮現許多明天到學校可能會發生的事，而且他的想像一定會成為現實。

至今已經有好幾個人成為被攻擊的目標，攻擊手法了無新意。

一旦盯上誰，就連下課時間也會刻意跑去對方的教室，一群人大吼大叫，然後在對話中，加入故意要說給對方聽的難聽字眼，例如「真令人火大」或「總有一天要揍扁他」；再不然就踢開桌子、大聲嘲笑，總之就是故意發出巨響來威脅對方。

被欺負的人，絕不會獨自去找他們理論。照理說，這麼有勇氣的人，也根本不會成為霸凌對象。被欺負的人只能假裝沒聽見，靜待時間過去，或是下課時間乾脆不要待在教室裡。

這種霸凌戲碼，每節下課時間都重複上演。

無聊的學校生活中，威脅某人大概是唯一的娛樂。只見霸凌的人表情樂不可支，直到因「得意忘形」被盯上的傢伙全都失去活力，老實地像條喪家犬時才肯罷手。

儘管如此，卻沒有人認為這種行為是「霸凌」。隼人覺得大人的眼睛都瞎了。

每個人都視而不見，以為只要別多管閒事就不會惹禍上身。

班上同學也都假裝沒聽見他們的對話，專注與自己所屬的小團體聊天，但其實每個人都豎起了耳朵。

待在靜悄悄的屋子裡，不愉快的想像接二連三閃過腦海，讓隼人意志消沉。

隼人嘆了一口大氣，打開電視。

眼下只有電視節目，能讓他忘記棘手的問題。

隼人對任何事都提不起勁，躺在沙發上，不帶情緒地按著電視機遙控器，尋找搞笑節目。

◎

真由美回來的時候，隼人還躺在沙發上看搞笑節目。

看到隼人在家，真由美稍微鬆了一口氣。

還沒進到客廳，就看見昏暗的屋子裡只有電視機光線，以為隼人看電視看到睡著了，走近一看，發現他正睜著眼睛看電視，不免有些驚訝。

「你醒著啊？怎麼不開燈……。」

真由美打開電燈。

隼人頓時因刺眼的光線瞇細雙眼，沒有回話。

從小學升上國中，看在母親眼中，兒子的外表幾乎沒有改變，但是內在的變化遠遠超乎父母想像。

例如作息時間、周圍環境的變化，升上中學第一次交到新朋友帶來的影響，初次體驗到學長、學弟關係。

經歷過這些，隼人心中的常識及價值觀，也一口氣發生變化。

隼人開始明目張膽不聽真由美的話，真由美則對隼人束手無策。

真由美心裡很清楚，身為母親，昨晚的反應也不算稱職。

是不是應該毅然決然問清楚比較好？——她從昨晚就一直為此煩惱，不僅沒睡好，今天也無法專心工作。

「萬一今天也晚歸的話……。」

這次一定要用堅定的態度逼問他：「你在哪裡？做什麼？給我從實招來。」

真由美今天一整天，都在腦中模擬情境。

光是想像那個畫面，就覺得心情好沉重。

於是她在心裡祈禱：「老天保佑隼人今天早點回來……。」

因此看到隼人在家時，著實鬆了一口氣。

今天靠近他身邊，別說菸味了，就連去別人家的味道也沒有。

「我回來了。」

反而是剛回家的真由美主動開口，隼人才虛應一聲：

「嗯……。」

他面無表情盯著螢幕上的某一點，與電視裡傳出來的笑聲，形成強烈對比。

「我馬上做飯。」

真由美說道。然後走進廚房，一邊準備晚餐，一邊隔著吧檯觀察隼人的反應。

最近隼人變得沉默寡言，真由美無法判斷是因為青春期，還是單純心情不好。

結果，直到把晚餐放上餐桌時，隼人始終躺在沙發上看電視，表情一點變化也沒有。

直覺告訴真由美，大概發生了什麼事。

隼人坐到餐桌前，真由美不動聲色地問：

「學校裡出了什麼事？」

隼人依舊面向電視，頭也不回地說：

「怎麼這麼問？」

「嗯？因為你感覺跟平常不太一樣。」

「什麼也沒有喔。」

隼人始終看著電視機的方向，似乎不想跟真由美聊天。

「是嗎……，如果有什麼事，隨時都可以跟媽媽商量喔。」

隼人對真由美的關懷毫無反應。

「這個搞笑藝人，最近經常上電視呢。」

真由美盡可能以開朗的口吻轉移話題，但只有母子倆的餐桌還是很冷清，兩人都盯著電視螢幕，安靜地動著筷子。

沒多久，隼人小聲丟下一句：

「我吃飽了。」

離開餐桌，走向自己的房間。

真由美收拾著剩下一半的晚餐，想著自己做得還不夠好，又不知該怎麼跟兒子交流，感覺好想哭。

「拜託柚子好了……。」

真由美喃喃自語，心裡想到了這根救命稻草。

這句話其實是想對幸一郎，而不是對柚子說。她不確定幸一郎留下的「柚子」，要如何讓隼人明白「愛」是什麼，但如今似乎也只有柚子，能改變現在的隼人。

◎

隼人進房立刻撲到床上。

一想到明天在學校可能會發生的事，就不安得連寫作業的心思都沒有。可以的話真想請假，但事情尚未發展成隼人想像中的那樣，不可能只因為「或許」會被欺負就請假。

「更何況……。」

隼人瞥了面前的柚子一眼。

「請假在家，和這傢伙大眼瞪小眼一整天也很痛苦……。」

隼人發出嘖一聲，在床上翻了個身，背對柚子、面向牆壁。

「隼人，今天不用寫作業嗎？」

柚子問他。

「要你管。」

隼人間不容髮地堵回去，隨即察覺異狀，坐起上半身，看著柚子。

「柚子，你講話的方式和音調是不是變了？」

柚子點頭，馬達聲轟隆作響。

儘管發音還是有很多怪怪的地方，但柚子講話的方式明顯比昨天流暢，音質也變好了。

「柚子，學習過了。」

「怎麼做的？」

「模仿電視裡的說話方式。」

還以為眼前的柚子不過是一堆破銅爛鐵集合起來、胡亂拼湊的機器人，沒想到只是聽到客廳傳來的電視聲，講話方式就跟昨天判若兩人，或許真的如真由美所說，柚子是性能相當高的機器人。

隼人對柚子的成長速度，感到有點不寒而慄。

他原想再躺回床上，但從書包裡倒出來的教科書和整疊的講義，亂七八糟地堆放在床上。

「築山同學也是該出手時，就會出手的男人啊。」

隼人腦中浮現鄰座同學——三澤圓花的笑臉。

他到今天才知道，原來周圍的女生都認為他是「遇到討厭的事，只會一直逃避的人」。或許不是周圍的女生，只有圓花這麼想也說不定。

隼人站起來，從床上堆積如山的教科書裡，抽出數學課本和作業講義，坐到書桌前。

「我才不要被那傢伙，認為是遇到討厭的事，只會一直逃避的男人呢。」

這股意志讓隼人坐在書桌前。

不過，最大的原因其實是，反正沒有其他事可做，看手機只會惹人心煩。對隼人而言，想試著做點別的事，也挺不可思議的。

剛上國中，幸一郎買智慧型手機給他時，說過一句話：

「如果不是基於自己的意志，成為一個只在必要時刻使用手機的人，你的人生就會被手機掌控。」

他似乎有點明白這句話的意思了。不知不覺間，自己的人生，差點就要被手機掌控了。

「柚子，我如果有不懂的地方，你要教我喔。」

隼人試探性地對柚子說。

柚子轉頭面向隼人。

「**當然好啊，要問什麼儘管來。**」

柚子說完，又轉頭面向前方。像是在隼人問他問題之前，他都不會打擾隼人的意思。

◎

作業並不難，只要有心，好像也沒有解不開的問題。

這大概也是因為，今天難得沒有忘記寫作業的關係。

寫完作業就能神清氣爽地上課，若能神清氣爽地上課，就能充分理解上課的內容。這麼一來，老師出的作業也沒有那麼難。等回過神來，講義已經快寫完了，一題接著一題解下去，甚至感覺有點痛快。

在回答最後一個問題以前，隼人突然想了解，柚子的能力到什麼程度，便暫時擱下筆。

「柚子，教我這道問題。」

柚子一如往常地，將手腳往不符合人體工學的方向扭動，站起身來、走到書桌旁邊看著講義。

「等一下喔。」

柚子說道，調整雙眼鏡頭，開始讀取講義的內容。

體內傳出「嘎啦嘎啦」的細微聲響，大概是硬碟轉動的聲音。

不一會兒，柚子面向隼人說：

「隼人，這個問題只換了數字，跟前一題是相同的題目喔。既然你已經解開前一道題，應該也能靠自己的力量解決這個問題。」

柚子說完，溫柔地用網球做成的手觸碰隼人的肩膀。

大概是想說「加油！」的意思。

「嗯……，啊，原來如此。」

隼人連忙假裝自己現在才注意到，搞定最後的問題。

他還以為柚子只會告訴自己解題的方法，沒想到並非如此，因此頗為驚訝。

MAYUMI　　20XX/07/16　22:50
收件者：k_tsukiyama＠XXXXXX
主旨：樣子雖然怪怪的……

老公

我昨天寫的信好像害你白操心了，
真對不起。

家裡一切安好。
雖然我很擔心隼人今天會不會也很晚才回家，但我到家時他已經回來了，
看樣子也沒去別的地方，我鬆了一口氣。
不過，他顯然跟平常不太一樣，
垂頭喪氣的。
不是鬧彆扭，
而是在思考什麼、煩惱什麼的感覺。

我問過他了，但他什麼也不告訴我……。
好像躲著我一樣，關在自己的房間裡。

或許是我想太多。
因為從隼人房裡的對話聲聽起來，
他好像在和柚子討論功課，嚇我一大跳。
很厲害吧！他居然轉性了。

說到這個，柚子的成長也很厲害喔。
老公，你是怎麼辦到的？
我早上不是要出門上班嗎，傍晚回到家的時候，柚子的用字遣詞已經非常流利，
判若兩人（嚴格說來是兩個機器人）。

聽說他是聽著電視機傳來的對話聲，
加以學習的。

我每天都好感動，覺得老公好厲害。
工作要加油喔。

真由美

只管自己高興就好

對隼人來說，今天在學校度過的一天，是人生感覺最漫長的一天。

如他所料，一到下課時間，平常與將士混在一起的傢伙，就從其他班級聚集到將士身邊。

前幾次還可以假裝沒聽見，但是到了第三堂和第四堂中間的下課時間，感覺全班都發現他們集合的理由了，隼人假裝有別的事要做，離開教室。

將士那群人貶低的訕笑與大聲對話，在背後緊跟著來到走廊的隼人。

「那傢伙逃走了。」

「去蓋他布袋吧。」

「放他一馬吧，他一定會哭。」

「就讓他哭啊，有什麼關係。」

隼人沒有回頭。

他想到接下來會持續過這種生活，就心情沉重。

結果隼人等到打鐘才回教室，下課就獨自離開教室，總算撐過一天。

唯有老師站在前面的上課時間，才能放心坐在位置上。即便如此，隼人心裡有數，為了找他麻煩，與將士一鼻孔出氣的傢伙，肯定都在私下交換討人厭的眼神及表情。

總是調皮搗蛋的隼人突然變安靜，每個老師都驚訝得多看他一眼，但也沒人問他理由、關心他發生了什麼事。老師們只是偷偷看他，然後彷彿沒事般繼續上課。

原以為社團活動的時間也會很難熬，所幸沒有像下課時間那樣，令隼人稍微鬆了一口氣。大概是因為，將士雖然也是足球社成員，但與他同氣連聲的人，多半在棒球社或籃球社。儘管如此，練習的時候，比起練足球，將士更把心思放在尋找能一起打壓隼人的一年級生，大家都笑著打馬虎眼，所以今天暫且還沒人隨他起鬨，萬一社團也出現那種討人厭的小團體，隼人就真的沒有容身之處了。

社團活動一結束，隼人比任何人都更快換好衣服，離開社團教室。

通往正門的路上，勢必要經過體育館。

「但願不要遇到籃球社的人……。」

隼人在心裡祈禱，然而就在校舍轉角，籃球社的一年級生迎面而來，要回家就得從他們身邊經過才行。

「完蛋了……。」

隼人忍不住在心中詛咒自己的命運。

「隼人！再見。」

那群人中有人大喊隼人名字道別，周圍的人一起笑了。

單從字面的意思聽來，只是單純的道別，但是對方的語氣擺明瞧不起人，同時具有恫嚇的味道。

隼人無法當作沒聽見，只好稍微舉起手回應：「哦，再見。」

只見他們模仿隼人的動作，再度相視而笑。

隼人加快腳步繞過那群人，尖銳的笑聲從背後襲來。

隼人壓抑自己的情緒，急著回家。

⬠

隼人筆直地從玄關走進自己房間，拿起桌上的手機，點開螢幕。

LINE的話題依舊是自己。

裡頭貌似也有擔心他的發言，但幾乎都是惡意的訊息，所以他連看都懶得看，直接關掉手機。

隼人嘆口氣，躺在床上，拼命忍住想要放聲大哭的念頭。

「為什麼我老是遇到這種事……，我只是不跟他們出去玩而已。」

隼人滿心不解地盯著天花板，突然想起一件事，坐了起來。

「柚子不見了！」

隼人衝出房間，奔向客廳。

與隼人的擔心成對比，柚子正坐在客廳看電視。

聽到開門的聲音，柚子轉動腰部和脖子，望向隼人。

「隼人，你回來啦。」

「柚子，你在做什麼？」

「柚子正在學習說話的方式，已經進步很多了。」

確實和柚子剛開口的時候比起來，他根本是進步神速。

「柚子，你不可以隨便離開房間喔。」

「好。……柚子以後不會隨便離開房間。」

柚子的語氣聽起來有些寂寞，隼人忍不住心軟。

「呃，沒關係啦，你可以離開房間，也可以看電視，但是絕對不可以出門。而且你看家的時候，要是有人來了也不可以出來。」

「好。柚子**不會出門，有人來了也不出來**。」

柚子的語氣變得開朗多了，彷彿打從心底感到高興。

柚子轉動腰部和脖子，重新面向電視，又開始看電視。

隼人觀察他的模樣，也坐在旁邊的沙發上，一起看電視。

「好好噢，柚子可以不用去學校。」

隼人忍不住脫口而出，似乎已經開始習慣柚子的存在了。

「隼人**不想**去學校嗎？」

隼人苦笑回答：

「如果可以不要去的話，的確不想去。」

「柚子**代替你**去吧？」

隼人忙不迭地搖頭。

「不行不行，柚子要是去學校，問題只會更嚴重。」

「**問題？**」

「沒什麼，是我自己的事……。」

隼人認為就算告訴柚子也沒用，不打算向他說明。

「隼人在學校裡發生了不愉快的事嗎？」

隼人再度苦笑，自暴自棄地說：

「你懂什麼。」

「人類的汗水其實會隨情緒改變成分，味道也有點不同。人類或許注意不到，但柚子聞得出來。隼人今天的味道跟平常不太一樣，呈現出『恐懼』與『厭惡』的情緒。所以柚子知道你遇到不愉快的事了。」

隼人瞪大雙眼，看著柚子。

「你連這種事都知道嗎？」

隼人盯著柚子看了好一會兒，深深地嘆了一口氣，有氣無力地說：

「被你猜中了……。」

或許，讓柚子聽聽他無法與任何人商量的心事也好。

「柚子，我問你，人為什麼傷害了別人，還能擺出若無其事的態度呢？」

「因為心裡沒有愛，所以不懂真正的溫柔……。」

「心裡沒有愛……嗎？」

隼人喃喃自語地重複，想起前幾天柚子說過的話。

「這麼說來，柚子曾說他是為了教會我愛是什麼，才被創造出來的……。」

柚子伸出一隻手，指著電視。

「電視裡的大人們也都是這樣，只要自己開心，傷害別人也無所謂。看到討厭的人失敗就覺得開心，對犯錯的人落井下石、窮追猛打。其他人看到這一幕，也會在心裡認為活該、再狠一點。大家的心裡都沒有愛，只在乎自己高不高興，只想發洩自己的怒氣，只重視自己快樂與否。心裡沒有愛、只有自己最重要，所以才會若無其事地傷害別人。」

「只在乎自己……。」

的確是這樣，大家都只想到自己。

只要自己高興，能贏得笑聲，完全不管隼人受到多大的傷害。

「你說得沒錯，大家都好自私！」

隼人氣沖沖地大聲說。

「可是，隼人也一樣吧。只要自己開心，就算撒謊讓別人傷心也無所謂。」

「咦……」

隼人頓時愣住了。

「你打撞球打得很高興，卻騙真由美說你去『補習』。」

「你怎麼知道？」

「柚子是從味道發現的。真由美也知道隼人在說謊。」

「你告訴媽媽了？」

隼人瞪著柚子。

「柚子什麼也沒說，真由美自己發現的。隼人身上都是菸味，任誰都知道你去的地方不是補習班。」

隼人清楚感覺到自己的身體開始莫名發熱、冒汗。

「看吧，隼人為了自己『開心』，讓真由美傷心也覺得無所謂。」

隼人聽到這句話，連生氣的力氣也沒有，垮下肩膀。

沒錯，過去在學校，自己也是以取笑別人為樂。嘲笑他人的失敗，看到有人犯了不該犯的錯誤，就自以為是地批評別人、落井下石。不僅如此，即使說謊也要以自己的「享樂」為優先。這些一件一件的壞事，隼人沒少做過。自己也一樣，只要自己開心，別人的情緒怎樣都無所謂，從未考慮過「別人的心情」。

或許，隼人過去的「快樂」，都建築在別人的痛苦上。

在自己的「快樂」背後，肯定製造了很多人「不愉快的回憶」，就像現在的自己這樣……。

「你是說我心裡沒有愛嗎？」

「這也沒辦法，因為愛不是與生俱來的，而是透過人生經驗學會的東西。現在隼人才正要開始學習。柚子就是為了幫助你，才被創造出來的機器人。」

隼人想起留下柚子去美國的幸一郎。

明明他才離開沒幾天，卻覺得最後一次見到他，好像已經是很久以前的事了。

「不要只想到自己，就不會傷害別人了嗎？」

「也可以這麼說，但只要了解愛是什麼，自然就**不會**『只想到自己』。」

「這樣啊。可是就算知道愛是什麼，欺負我的人，也不會從此消失。」

「是不會馬上消失。雖然要花一點時間，可是隼人一旦了解愛是什麼，你身邊想要傷害你的人，**自然就會逐漸減少。要是不懂愛的話，那種人只會愈來愈多。」**

隼人嘆息。

「唉，逐漸減少嗎？」

隼人看了看月曆。

「算了，只要再忍耐三天……。」

沒錯，只要再忍耐三天，勉強自己去上學，就開始放暑假了。

可是總覺得那三天，將會有如置身地獄般難以忍受。

「柚子，當別人不願意了解自己的心情，因此感到煩躁時，該怎麼辦才好？」

隼人有氣無力地問道。

「**一開始就不要有所期待。**」

「什麼？」

意料之外的答案，讓隼人不知所措。

還以為會得到類似「愛很重要」這種正面的回答，沒想到答案居然是「不要有所期待」……。

「**不抱期待，下定決心、今天一整天都不要依靠任何人**，也能度過美好的一天……。」

「不要依靠任何人？」

隼人一臉詫異地看著柚子。因為他本來就沒打算依靠任何人，或對誰有期待，認為這樣才能度過美好的一天。

「我並沒有打算依靠任何人……。」

「那只是你自己**沒注意到，每個人都會對遇到的人**，產生各式各樣的**期待。愈是**沒耐性、愛亂發脾氣的人，**愈喜歡依賴別人**。」

「怎麼會這樣？」

「你在超市排隊結帳的時候，曾經覺得隊伍怎麼遲遲不前進嗎？」

「有是有……。」

「明明在趕時間，排在最前面的大嬸，為了找一張集點卡，在錢包裡翻了半天，然後又從包包拿出另一個小皮包，繼續找那張集點卡。好不容易找到了，這次為了不要找零，又開始從零錢包拿出一枚一枚的硬幣……。試著想像一下那個畫面，當大嬸還在東摸西摸的時候，旁邊的隊伍已經結完一個人、兩個人的帳了……。你做何感想？」

「做何感想……，任誰都會沉不住氣吧，希望大嬸的動作能快一點。」

柚子聲響大作，搖搖頭。

「並不是任何人都這樣，只有對別人有所期待的人，才會沉不住氣。」

「期待？」

「沒錯。只有在排隊的時候，事先準備好集點卡和零錢，甚至希望自己的隊伍前進得快一點，下意識對眼前的大嬸、結帳店員抱有期待的人，因為那份期待落空了，才會感到煩躁。如果一開始就對那個大嬸不抱任何期待，就不會感到不耐煩，也不會生氣。」

「發生這種事，還有人能平心靜氣嗎？」

「有。與人相遇的時候，對那個人抱有什麼程度的期待，因人而異。從認識的人到不認識的人，也有大人會對所有人，都懷有『要這麼做』的高度期待。這是基於『如果是我會這麼做』的想法。然後在不知不覺間，期待對方『像我想的那樣行動』。

那種人早上會對老婆、對小孩發脾氣，上班途中會對其他車，或是搭電車對其他同一節車廂的乘客感到不耐煩。進公司後，無論是上司、部下，還是客戶的要求，都令他煩躁。回家路上也一樣，每件事都不順心，就這樣過了一天。他們沒有發現，那是『把自己的幸福，託付在所有相遇之人的行為』，不知不覺就變成那樣了。他們的人生，每天從早到晚都充滿怒氣，過得心浮氣躁。

另一方面，也有人對他人不會抱有太大的期待。不管是對家人還是陌生人，那種人不會因為周圍的人，沒照自己的期待行動，就感到煩躁或亂發脾氣。他們很清楚，自己一天的幸福並非靠別人給予，而是不依賴任何人，自己創造的東西。

隼人肯定也在不自覺中，期待見到的人，能對自己『這麼做』。那就是仰賴生命中相遇之人活下去的意思。唯有對方採取自己期待的行動，才會覺得今天是『美好的一天』。隼人的一天過得是好是壞，並非由隼人決定，而是由周圍的人決定。

所以一開始就不要有所期待。就算有期待，別人也不會照你的期待行動，還有人會故意做出相反的事。所以，一開始就不要有所期待。」

「不要期待……嗎？聽起來好沒希望的一句話啊。」

「起初難免會有這種感覺，但是請一開始就不要對遇見的人有所期待，試著這樣度過一天，就會發現擁有『美好的一天』並不難。而且只要不抱期待，或許還能意外發現，身邊其實有很多好人。」

想當然耳，隼人沒有仔細向柚子說明，自己發生了什麼事，所以也不知道柚子的建議，能否幫助隼人解決目前的困境。

只是他可以確定，自己過去的確在不知不覺間，對家人乃至於偶然在街上遇到的陌生人，產生某些過大的期待，也往往因為對方做的事不合自己心意，而感到不耐煩。

隼人從未想過，自己是依賴別人、對別人有所期待而活著，但柚子的話不無道理。光是接觸到這種價值觀，就覺得自己好像成長了一點。

問題是，就算柚子教自己不要有所期待，隼人也很難不去期待將士和他的朋友「別再對付我了」。

MAYUMI　　20XX/07/17　22:04
收件者：k_tsukiyama@XXXXXX
主旨：應該要忍住不問嗎？

老公

看了你的來信，知道你每天都精神抖擻地去上班，真是太好了。
一定要好好吃飯喔。

隼人今天也很早就回來了，
只是好像在認真思考什麼問題。
我大概知道發生什麼事了，
因為其他同學的媽媽，
已經用 LINE 傳了「隼人不要緊吧？」
的訊息給我……。
隼人在學校裡，
好像被調皮搗蛋的小團體盯上了，
還不到霸凌的地步，但似乎被孤立了。
聽說對方還說出很過分的話，
害他在學校過得非常不好。

我想過是不是要跟學校討論這件事，
但隼人本人都說「沒什麼」了，
只好暫時按兵不動。

雖然我忍著默不作聲很難，但他肯定是想靠自己的力量克服這個困境。
我只能在一旁看著真的好痛苦，
但我決定相信隼人，
相信他會變得更堅強，好好守護著他。

因為發生這件事，
隼人開始自然而然地跟柚子說話了。
這時有柚子在，
對我和隼人都是很大的救贖。
沒錯，柚子已經逐漸變成我們家的一分子了。

一定沒問題！
隼人絕對能靠自己的力量度過難關。
請不用擔心。

真由美

勇氣與堅強

柚子說的話一點都不準，接下來三天，隼人的處境完全沒有好轉，以將士為首的那群人，對隼人死纏爛打，「攻擊」反而變得愈來愈過分。

儘管如此，隼人還是努力告訴自己：

「再忍三天就好了。」

「只剩兩天了。」

「今天再忍耐一天。」

藉由隱忍、回家與柚子談話，擠出第二天還能去學校的勇氣。

三天來，為了打起精神，「不抱期待」的想法居然挺有效的。雖然狀況沒有改善，可是比起先前「但願將士他們下課時間別再來找麻煩」的期待落空，現在自己內心煩躁的程度明顯不同。

除此之外，他也注意到，自己過去經常在無意中，對旁人有所期待；倘若對方不照自己的意思行動，就會感到心浮氣躁。

柚子說得沒錯，他的確把今天過得好不好的決定權，寄託在完全不認識的人，或自己無法改變的某些事物上。

他透過與柚子的談話，得知柚子果然是利用網路與世界接軌。為了告訴隼人「愛」是什麼，從琳琅滿目的情報中，擷取最淺顯易懂的資訊告訴他。同時依照隼人的表情和考慮他身處的狀況，導引出最適合的答案。

隼人不明白柚子是怎麼辦到的，但是對目前的隼人來說，柚子以簡單明瞭的方法，告訴自己最重要的事，他漸漸變成重要的朋友了。兩人的距離，在這幾天一口氣縮短。

學期末休業式的班會結束後，隼人一如這幾天養成的習慣，比其他人更早離開座位，準備回家。經過教室後門時，將士就站在面前堵住出口。隼人下意識全身僵硬，進入備戰狀態。

「隼人，今天要不要一起玩？」

將士對隼人露出親暱的笑容，彷彿之前刻意為難他的事，都沒發生過一樣。

「只要你跟我來，以前的不愉快就一筆勾銷。」

將士大言不慚地說。

「就我跟你嗎？」

「不是，還有戶田學長和上次一起玩的前輩，以及……。」

將士又舉出幾個，最近跟他廝混的籃球社和棒球社成員的名字。

「你也來吧，我不會害你的。我讓你加入我們。」

將士說得一副皇恩浩蕩的模樣。

如果想終結受他們欺負的局面，隼人應該回答：

「好啊，我去。」

雖然很難原諒他這幾天對自己的所作所為，但只要一句話，就能擺脫這種苦日子。不僅如此，或許還能重拾「快樂的」學校生活。

「那好吧。」這句話幾乎已經衝到喉嚨，下個瞬間卻又想起柚子說過的話：

「把自己的快樂，**建築在別人的痛苦上……**。」

他說的話或許沒錯，但柚子不明白自己的痛苦。

再說了，不只自己，大家每天都過著像這樣快樂的學校生活。要是只有自己了解柚子口中的「愛」是什麼，打定主意不再把自己的「快樂」，建築在別人的痛苦上，但其他人都不這麼想的話，自己不是蠢斃了嗎？而且大家都對別人的痛苦視而不見，有必要為他們著想嗎？

「這個嘛……，我想想看今天要做什麼……。」

隼人假裝思考。

他腦中雖然浮現想要終結苦難的念頭，但是對將士的反感，以及這幾天與柚子的對話，讓他耿耿於懷，說不出「好」字。

自己如果繼續和將士一起行動，大概又會變回靠傷害別人取樂的人。這幾天淪落到相反的立場吃盡苦頭，實在不想再成為施加傷害的那一方。

「隼人，你在做什麼？快點走吧！」

隼人還在猶豫不決時，有人從將士身後呼喚他。

定睛一看，是典明。

「小口，你這樣不行啦，隼人已經先和我約好了。」

典明伸手抓住隼人的右手，一把拉他過去。

「你做什麼啦，典明！」

將士的臉色變得很難看。

典明一臉若無其事，笑著對將士說：

「抱歉啊，小口。可是，是我先約他的。」

典明丟下這句話，催促隼人：

「還在磨蹭什麼，不趕快回家的話會來不及喔。」

「嗯？啊……嗯。」

隼人支支吾吾地回答，就這樣被典明拖出教室。

典明的笑臉似乎澆熄將士的怒氣，他只「呿！」了一聲，目送隼人和典明離去。

隼人和典明並肩走在回家的路上。

其實他根本沒有約典明，典明之所以會突然這麼說，顯然是知道隼人和將士那伙人之間的糾紛。

典明這麼做，也許連自己都會被將士的小團體盯上，但他毫不遲疑地救了隼人。

如果兩人的立場對調，他會對典明伸出援手嗎……。

隼人陷入沉思，答案不說也知道。

自己肯定沒有那麼大的勇氣。

儘管如此，隼人依舊無法坦率地對典明說「謝謝」。

沉默了好一會兒之後，典明問隼人：

「今天要做什麼？」

「咦？」

「我們不是約好了嗎，所以還是一起做些什麼事比較好。」

「哦……，這樣啊。」

隼人沒想到這點，所以不曉得該怎麼回答。

「那……，去公園踢足球吧？」

「好主意！」

典明對隼人的提議，回以欣喜的表情。

◎

兩人一起踢足球很開心，但那天直到最後，隼人都沒跟典明說一聲「謝謝」就互相道別了。

兩個人可以玩的遊戲，其實很有限。

頂多就是傳球，再不然就是一對一，一個人負責防守，另一個人負責射門。玩法變不出其他花樣，但專注踢足球的時候，可以忘記許多事，很開心。雖然玩得筋疲力盡，但典明肯定也是相同的心情。

不需要「把自己的『快樂』建築在別人痛苦上」的時光，充滿了暢快感，那是

「把自己的『快樂』建築在別人痛苦上」時所感受不到的。

隼人與典明在公園道別，哼著歌回家。

隼人感到口渴，想買果汁來喝，路過便利商店時停下腳踏車。他錢包裡只有一百二十圓，所以只能挑一百二十圓以下的果汁。

走進店裡，經過雜誌區，站在大冰箱前，所有的果汁都超過一百四十圓。

「不會吧……。」

隼人正想要放棄果汁，改買冰淇淋的時候，猛一回頭，三澤圓花就站在跟前。

「築山同學。」

「哦……，這不是三澤嗎？」

「哦，我是三澤。」

圓花微笑說道。

隼人告訴圓花自己原本想買果汁，但是因為錢不夠，只好改買冰淇淋。圓花說：

「我幫你出吧。」

不等隼人回答，就拿著兩人份的運動飲料去排隊結帳。

隼人接受圓花的好意，讓她請客。

兩人走出便利商店，同時打開寶特瓶的瓶蓋。

「謝啦！」

隼人道了一聲謝，咕嘟咕嘟地喝下運動飲料。

「妳現在才要回家嗎？」

隼人問圓花。圓花搖頭。

「我現在要去補習。」

「三澤也要補習？大家都好用功啊！」

隼人有些不以為然地說。

「我並不討厭學習喔。比起來，我更討厭逃避。」

「逃避？」

「嗯。我不想逃避，也不想輸給自己。因為逃避是很遜的行為。」

這句話讓隼人內心一震，因為隼人身邊的人只覺得：

「認真學習的傢伙很遜。」

自己也認為那是「普通」的價值觀。

最近開始用功的典明，想法似乎也有點改變，說過類似的話，但圓花說得更斬釘截鐵。

「輸給自己，逃避學習的人才遜。」

隼人感覺內心深處有些騷動，全身都起了雞皮疙瘩就是最好的證據。

他也覺得圓花能把話說得鏗鏘有力，非常帥氣。

「呿！誰要用功念書啊。」

隼人虛張聲勢，說出違心之論。

「你要逃避嗎？」

圓花露出略帶挑釁的笑容說。

「妳這個笨蛋。我一旦使出真本事，妳就知道厲害了。妳不知道吧，我認真起來，兩三下就能超越妳了。」

圓花不屑地冷笑。

「那我就拭目以待了。不過，你一向只會逃避非做不可的事，就算使出真本事，也沒什麼好怕的吧。」

「妳說的喔？下學期走著瞧……，我一定……。」

隼人正要對圓花說出關鍵臺詞的瞬間，後面傳來一個聲音。

「這不是隼人嗎！」

回頭一看，只見將士在最前面，帶著平常在教室找隼人麻煩的五、六個同伴，騎著腳踏車朝他們而來。

站著騎腳踏車過來的將士等人，露出見獵心喜的表情，有如肉食動物看到獵物蜂擁而上，他們轉眼間就將隼人與圓花團團圍住，停下腳踏車。

「三澤，妳在和隼人交往嗎？」

「真的嗎？你們在談戀愛啊？」

「你推說有事，就是要跟三澤約會嗎？」

「三澤，這傢伙是背叛者，妳還是找別人吧。」

「妳喜歡這傢伙哪裡？」

圓花的表情愈來愈僵硬。

「我知道了！隼人，是你強迫她和你交往的吧？」

「你喜歡三澤吧？」

「怎麼，你以為自己很受歡迎嗎？」

其他人跟著瞎起鬨，開始邊笑邊推隼人。

「不是的，才沒這回事。」

隼人小聲地反駁。

「什麼嘛，你喜歡三澤吧？」

「你喜歡她吧？你們很相配喔。」

圓花的臉看起來愈來愈紅。

「我才不喜歡她。」

隼人低著頭說，不敢看圓花的臉。

「我要回去了。」

圓花丟下這句話，推開將士等人的腳踏車，穿出人牆，跨上自己的腳踏車，離開現場。

隼人偷偷看了她的背影一眼。圓花顯然在生氣。

將士他們朝圓花的背影哄堂大笑。

「喂喂，心愛的女朋友生氣走人了，沒關係嗎？」

「都說不是這樣了。」

隼人沒好氣地說，走出人群，坐上自己的腳踏車，騎往與圓花相反的方向。

「兩個都是怪人，不是很速配嗎？哈哈哈哈。」

為了甩掉背後煩人的高分貝笑聲，隼人使勁踩著腳踏車。

「氣死人！那群人真是氣死人了！」

隼人嘀咕著，用力踩下踏板。

◎

隼人把喝完的運動飲料寶特瓶放在桌上，出神地盯著圓花請他喝的飲料。受到將士他們嘲笑，一心想逃離那個狀態，竟然脫口說出：

「我才不喜歡她。」

面對軟弱的自己，隼人感覺窩囊到想就此消失在人世，卻也初次發現自己對圓花有好感，真是太諷刺了。

自己喜歡圓花。這股感情與小學之前的「喜歡」截然不同。雖然無法用言語說明哪裡不同，但的確是完全不同的東西。

然而，他卻在自己喜歡的人面前，表現出身為男人最差勁的態度。

隼人再怎麼悔恨，也沒辦法平復情緒，隨著時間過去，心情愈發沉重。

「為什麼我沒能保護她呢？」

捫心自問，答案只有一個。

「因為我害怕，逃走了……。」

平常只會虛張聲勢，一旦正視自己的懦弱，隼人沮喪到無以復加。

圓花說過的話像是給他致命一擊，使隼人更加鬱悶。

「我不想輸給自己。因為逃避是很遜的行為。」

每次想起這句話，隼人都好想哭。

無止盡的自我厭惡，原封不動轉變成對將士他們的憎恨。

「都是他們害的……，要不是因為他們……。」

對自己那麼軟弱的悔恨、埋怨將士他們造成這種局面的恨意，兩者交纏在一起，讓隼人心裡亂成一團，他既不甘心又不知該怎麼辦才好。

「說了那種話，無論再怎麼補救，圓花大概都不會喜歡自己了……。」

看著運動飲料空瓶，視線逐漸變得模糊。

「怎麼了？隼人。」

柚子見狀問道。

隼人用手臂抹去淚水，吸了吸鼻子。

「我不想活了，事情為什麼會變成這樣？」

柚子耐心地等隼人冷靜下來。

過了好一會兒，隼人慢慢恢復平靜，終於連呼吸都恢復正常。他靜靜地說：

「我想成為不逃避的人。」

隼人面向柚子，語氣比剛才強硬許多。

「柚子，要怎麼做才能變成不逃避的人？」

柚子回應隼人的問題：

「不逃避的人？」

「沒錯。我想擁有不逃避的堅強，但是還辦不到，總是一害怕就立刻逃走。該怎麼做才好？」

「柚子不太懂隼人所說『不逃避的人』是什麼意思。可以告訴我，你為什麼想變成不逃避的人嗎？」

隼人向柚子說明今天發生的事。當然，他覺得沒有必要連圓花的名字都交代清楚，所以那部分就以「某個女生」帶過。

「原來如此。柚子明白那個女生說的『不逃避』是什麼意思了，但是和隼人說的『不逃避』有點不太一樣。」

「什麼意思？」

隼人身子前傾發問。

「要是獨自一人，被一群餓著肚子的獅子包圍，你會怎麼做？」

「當然是逃跑啊。」

「那時你會覺得，自己馬上逃走有什麼不對嗎？」

隼人搖頭。

「對吧。那並不是輸給自己。並非自不量力地迎戰，才是聰明的選擇。所以不是所有事都不能逃避，也有非逃不可的時候。儘管如此，你還是覺得很懊惱，那是因為獨自一人的時候，以及與重視的人在一起的時候，該做的事不一樣。」

「與重視的人在一起……。」

「與重視的人一起，被一群餓著肚子的獅子包圍，你會怎麼做？」

「這個嘛……。」

隼人想回答「犧牲自己以爭取時間，好讓重視的人逃走……。」但又說不出口。

因為自己實際採取的行動剛好相反，拼命想保護自己，根本沒考慮到圓花。就算說他是為了保護自己而犧牲圓花，他也無力反駁。

「隼人口中『不逃避的人』，指的是在那種時候，會堅強採取自己理想中行為的人對吧？」

「我想……是的……。」

「可是那個女生所說『不逃避的人』，是指不會逃避該做的事，而不是遇到危險還不逃走的人。她的意思是說，人一旦逃避非做不可的事，就會從夢想前逃走，她討厭那樣的人。」

「這不是重點，總之我想變成不逃避的堅強男人。要怎麼做才能變堅強呢？」

「如果隼人真的想學，那柚子就來當隼人的老師，幫助你變成不逃避的堅強男人，如何？」

隼人以下定決心的表情，慢慢點頭。

「柚子，拜託你了。請你當我的老師，幫助我變成不逃避的堅強男人。」

「好。柚子願意當你的老師。」

「首先該做什麼？」

隼人的問題讓柚子停頓了一下。大概是正在蒐集各方資訊，從中導出答案。

「首先是不管發生任何事，**都不要怪到別人頭上**，要認為那是自己的責任。」

「什麼？」

隼人意外地看著柚子，看著看著，他的表情逐漸變得陰鬱。

「等一下，你的意思是說，將士對我做那些事都不是他的錯，而是我不好嗎？」

柚子發出「嘰——」的聲響，搖了兩下頭。

「不要去想**是誰的錯**。因為就算**怪罪別人**，狀況也不會好轉。比起來，認為是自己的責任，這麼想比較容易得到幸福。就像現在，隼人不是**想改變對方**，而是想改變自己，**扭轉**現在的局面，這點**非常好**。」

「就算是這樣，我也無法不去想，這並非將士的錯。」

「**只要想像**『**不怪罪**將士』的未來就行了。」

「啥？聽不懂你在說什麼。」

「試著想像，未來隼人**變成**自己理想中堅強、不逃避的人，**感覺如何**？」

「嗯？這樣的話……，我想感覺很不賴吧。」

「試著想像得**更具體一點**。」

隼人雖然覺得很麻煩，但還是照柚子說的想像了一下。

想像中的隼人，具有足以保護圓花的堅強，碰到討厭之事不逃避的堅強，圓花也一臉崇拜地凝視著隼人。

「嗯，感覺超爽的。」

「再想想，你之所以能變成那樣，是拜誰所賜？」

「難道不是因為自己的努力嗎？」

「那當然，隼人如果不努力，的確無法變堅強。但如果不是因為將士，你也不會想變得堅強，不是嗎？」

「嗯，或許是那樣沒錯……。」

隼人悻悻然地說。

「既然如此，隼人變得堅強就是將士的功勞了。將士之所以出現在你的人生裡，就是為了帶來這樣的改變。」

「怎麼可能……。」

柚子打斷隼人的抗議接著說：

「想像不怪罪將士的未來，就等於是想像『多虧了將士，才有現在的自己』。」

「我無法這樣想像啦……。」

「一開始或許很不容易，不過，遲早有一天你會這麼想。先記在心裡。」

柚子說到這裡，像要轉移話題，提出另一個方案。

「也可以把憤怒，轉變成想改變自己的原動力。總而言之，重點在於好好認清『改變自己，就能改變目前遇到的狀況』這個事實。」

「改變自己，就能改變目前遇到的狀況……。」

隼人重複說一遍，心裡還是半信半疑。

「也有很多大人無法自己負起責任，所以慢慢來就好了。」

「大人也會？」

「沒錯。非常多人把降臨在自己身上的不幸，全部怪到別人頭上。

都是那傢伙害的、都是父母害的、都是公司害的、都是社會害的、都是時代害的、都是國家害的……，醒著也好，睡著也罷，自己現在之所以會這麼痛苦，都不是自己的問題，都是別人的錯，每天都在抱怨，滿腦子只想改變別人或現況。

可是，就算怪罪別人，也無法靠近幸福一公分。反而因為只會發牢騷或拿別人出氣，而變得愈來愈不幸。為了不讓自己的人生變成那樣，就得先練習想這是『自己的責任』。想像未來的自己能變得比現在堅強，都要歸功於遇見的人及發生的事，就能真的變堅強。」

「那像今天的狀況，如果責任在我自己身上，我到底做錯了什麼？」

「這你已經知道答案了。正因為知道，你剛剛才會告訴柚子。從隼人的角度看，將士做的事確實很討厭、不可原諒，但要是隼人有不逃避的堅強，就不會演變成現在的局面。」

「話是這麼說沒錯……。」

隼人生悶氣地說。

「即使還無法接受，但想踏出第一步的隼人，已經有相當大的成長了。柚子真的覺得，這是一件很了不起的事。」

「我明白了啦。那知道責任在自己身上以後呢？」

「為了培養不逃避的堅強，首先要利用『學習』這項工具，來學著不逃避。這點很重要。」

「等一下，將士找我麻煩跟學習沒關係吧。」

「有關係。」

「我可不這麼認為。」

隼人硬是要跟柚子唱反調。

「如果說，為了學會不逃避的堅強，重點在於不逃避夢想，你怎麼想？」

不逃避夢想

「等一下，我雖然逃避學習，但是沒有逃避自己的夢想喔。」

「隼人的夢想是什麼？」

「我的夢想……，成為足球選手吧。」

隼人帶著猶豫回答。

「**什麼樣的選手？**」

「什麼樣的？當然是非常活躍的足球選手啊。」

「**怎麼個活躍法？**」

「咦？柚子，你很煩耶。當然是足以代表日本出賽的那種程度啊。」

柚子側著腦袋不動，大概是又想到什麼了，體內不斷傳來硬碟轉動的聲音。

「**你知道**目前代表日本出賽的選手，最年輕和最資深的差了幾歲嗎？」

柚子突如其來的問題，令隼人不由自主地睜大了雙眼，隨即在腦海中檢索自己認識的日本代表成員回答：

「年紀最大的三十三歲、最小的二十二歲，所以差了十一歲⋯⋯。」

柚子又停下動作思考，隼人有些沉不住氣接著說：

「什麼嘛，柚子。我不能有遠大的夢想嗎？還是你認為我沒辦法成為足球選手。」

柚子還是老樣子，只稍微轉動脖子，直勾勾地看著隼人。

「人要胸懷大志，這句話說起來簡單，但是真要實現非常困難。也有人主張夢做得愈大，愈有動力去做，事實上真的有這種人。然而，與之相反的人佔大多數。」

「相反的人？」

「沒錯！正好相反。夢做得很大，卻什麼也不做，還一心以為『人要有遠大的夢想比較好』，因為你視為目標的選手們都是這麼說的，對吧？」

「我不太懂你的意思⋯⋯。」

「日本有幾個選手，可以實現下次代表日本，參加重要比賽的夢想？」

「十一個。」

「他們全都是從小就一直朝這個夢想努力，不曾放棄過的人喔。因此他們有一個共通的成功法則。」

「一個共通的成功法則？」

「擁有遠大的夢想，只要不放棄，夢想就會實現。」

「大家的確都這麼說……。」

「對他們來說，那是正確的法則，所以也會告訴孩子們這點很重要。那你再想一想，有多少人做著同樣的夢？」

「代表日本參加比賽的夢嗎？」

「沒錯。你猜曾經做過這樣的夢，可是夢想並未實現的人有多少？」

「欸？我不知道……，一萬人左右？」

「柚子也不知道正確的數字，但是可以概算出來。」

「概算？」

「大概的計算。概算對隼人的將來肯定也會有幫助，要不要一起計算看看？」

「啊，好啊。」

隼人不置可否地回答。

「先確定全國一共有幾所中學……。」

柚子圓圓的網球手，伸向隼人放在桌上的智慧型手機。

隼人在他的催促下，拿起手機，上網搜尋「全國的中學數量」。

「平成二十六年（譯註：平成為日本年號，即西元二〇一四年）……，共有一萬五百五十七所。」

「概算只要計算**大概**的數字就行了，所以……。」

「那就一萬所學校吧。」

「隼人學校的足球社有幾個人？」

「我們有三十四人……，所以大概抓三十人。」

「和其他中學比起來，這算多還是少？」

「嗯……，我猜不多也不少。」

「那就把它**當作是平均值**好了。這麼一來，日本的國中生，**大概**有多少人在踢足球？」

「大概……呃，三十萬人。」

「以同樣的方式，想像一下高中的人數……。」

隼人從剛才查到的文部科學省（譯註：日本政府機關，相當於臺灣的教育部）官方網站，搜尋高中的數量，總共有四千九百六十三所學校。

「大概抓五千所學校，假設社員還是三十個人，就是十五萬人。」

「計算下來，從國中升上高中以後，踢足球的人口大概只剩下一半。那麼，你能預測小學生有多少人在**玩足球**嗎？」

「我身邊小學踢過足球、上了國中不再踢的人……。」

隼人屈指計算。

「嗯，果然還是有一半的人放棄……，所以小學生更多嗎？同理可證，假設每兩個人就有一個放棄，大概有六十萬人吧。」

「也就是說，全國的小學生、國中生、高中生全部加起來，夢想成為足球選手的人……。」

「一百零五萬人！所以……大概是一百萬人？」

「以概算來說是這樣呢。如果擴大到曾經做過這個夢的人，可能還不只這個數字吧。因為可以預測現在的高中生，在國小的時候也有六十萬人。為了方便理解，就用現在還在踢足球的一百萬人來思考吧。十五年後，當這些小一到高三的學生，變成二十二歲到三十三歲的時候，只有其中十一個人能成為正式選手，換句話說，剩下的九十九萬九千九百八十九個人……。」

「意思是說，他們半途而廢了？」

「比例高達百分之九十九點九九八九。」

「哇，這不就等於毫無希望嘛！」

「這才是重點，你認為『只要不放棄，夢想就會實現』這句話是對的嗎？」

隼人搖頭。

「沒錯。倒不如說『放棄的人，就無法實現夢想』才是正確的。」

「嗯……。」

隼人抱著胳膊，陷入沉思。

從小到大，成為「足球選手」一直是他將來的夢想。

當然，就連他也不確定自己對這個夢想有幾分當真，但自己崇拜的選手說「只要不放棄，夢想就會實現」，他也覺得只要不放棄，就能實現夢想。雖然並沒有因此比別人更努力。

可是，愈想愈覺得，那是個遙不可及的世界。並非只要不放棄，就能實現夢想那麼簡單。那麼多人都抱著同樣的夢想和目標，一百萬人中卻只有十一人能實現夢想。以機率來說，跟零沒兩樣。

「概算並不是為了要你放棄夢想喔。」

隼人這才想起，柚子能從汗水的成分和臉部表情肌，讀取人類的情緒。

「我們已經知道，能接近目標的人大概佔了多少比例，接下來要思考的是，什麼樣的人才能接近目標。」

「當然是有才能的人啊。」

「你認為只要有才能，就一定能實現夢想嗎？**或許**也有人明明比任何人都有才華，卻無法接近目標。重點不是才能，還有許多其他不可或缺的要素。想通這點的話，就能找到方向、知道該怎麼做，才能成為那十一個人。」

「當然是比任何人都努力練習，學習足球的知識……。」

「**這樣**就夠了嗎？舉例來說，日本選手之所以無法在海外的球隊大顯身手，原因之一就是語言問題，既然如此，學會外文就成了不可或缺的要素之一。為了延長選手生涯，也不能忽略身體的保養、飲食習慣等自我管理……。」

「說得也是……。」

「你不覺得眼前的道路雖然險峻，**但還是**想挑戰一下嗎？」

柚子盯著沒回話的隼人，繼續說：

「擁有遠大的夢想，**就意味著**選擇會遇到很多課題的人生喔。倘若沒有這種決心，夢做得再大，也一定會半途而廢。更何況，還在『概算』的階段就放棄，連一步都沒踏出去，也不去思考如何達成自己的夢想。就算能思考要如何達成夢想，卻發現那條路太辛苦而逃避。隼人，重點在於，即使如此還是要堅持到底的決心。」

「決心……。」

隼人自言自語，彷彿說給自己聽。

「一旦擁有夢想，就會有很多非做不可的事。夢做得愈大，就會有愈多必須做的事。如果是小小的夢想，該做的事就只有**一點點**。小孩子都以為非做不可的事，是別人決定好丟給自己的。但是到了隼人現在的年紀，會開始意識到：非做不可的事，其實是自己給自己的課題。隼人最好也快點想通這一點。」

「足球的比喻我聽懂了，可是我對學習明明沒有夢想，還是有一堆非做不可的事啊。足球跟學習不一樣吧。」

「那是因為，隼人現在還是小孩子。實際上就跟目前為止必須做的事一樣，都是因為有夢想，為了達成夢想才產生的課題。只是那並不是自己決定的，而是父母為你決定的夢想。比方說，真由美的夢想是希望你有一口健康的牙齒，**直到長大**都不要蛀牙，因此隼人就必須刷牙。這並非隼人自己經過思考而產生的夢想。**但是從此以後**，你可以自己決定。如果隼人覺得就算蛀牙，變成一口爛牙的大人也無所謂，那麼『刷牙』的必要性，就會從你每天的生活裡消失。學習也是同樣的道理。」

隼人稍微想了一下。

「那，不學習也是可以自己決定的事嗎……？」

柚子點點頭。

「**那當然**，只要是隼人自己決定的，就沒問題。

跟剛才刷牙的例子一樣，只要確實理解它的重要性，還是覺得不需要的話，也可以選擇放棄。這是你自己的人生。不過，放棄引發的後果，也必須自己承擔。還沒搞清楚放棄學習，對自己的未來會有什麼影響，貿然放棄是很危險的。」

「會有什麼危險？」

「答案我之前也說過了，就算決定不學習，隼人將來也不會有什麼困擾。會感到困擾的，是將來在隼人身邊、對你很重要的人。但是會給他們造成什麼困擾，只能透過經驗來學習。透過讀書學習，讓你獲得的一切都變成某種經驗。由此再去判斷，自己的人生是否需要這些東西。如果沒有這些經驗，就不會知道那些東西能不能捨棄。」

「我已經有了六年的經驗，還不夠嗎？」

「不管有幾年的經驗，畢竟還沒有得到需要的東西，所以無從判斷。」

「你是說，我不知道透過學習，可以得到什麼東西嗎？」

「因為你根本什麼都還沒得到。」

「嗯……，那我要怎麼知道，需要得到的東西是什麼呢？」

柚子頓了一下，伸出右手。

隼人發現他正指著某樣東西。

「那只有先超過非做不可的底限，才會知道。」

「什麼！」

隼人表現出明顯排斥的反應。

「這麼一來不是虧大了。」

「虧大了？」

「對呀。比現在花更多時間學習，不是浪費時間嗎？」

「正好相反喔，隼人。不超過非做不可的底限，才是虧大了。」

「什麼意思？」

隼人用一臉「這傢伙在說什麼？」的表情，看著柚子。

柚子依舊面無表情地回望隼人。

從剛才開始，與柚子的對話內容，完全顛覆了隼人過去的認知。

MAYUMI　　20XX/07/20　23:31
收件者：k_tsukiyama＠XXXXXX
主旨：上學期總算結束了。

老公

明天開始放暑假。
隼人忍耐到最後一天都有去學校喔。
可是，今天肯定也發生什麼討厭的事，
他好像在房裡哭了。
我真的很猶豫，
是不是要跟學校老師商量，
還是去找對方的家長理論，
身為父母到底能為他做些什麼……。
還好明天就開始放暑假了，
我想再觀察一下情況。

你在之前的回信上寫著：
「我認為父母相信孩子夠堅強，耐心等待的部分，正是孩子的成長空間。」
這句話讓我非常感動，也深有同感。
可是相信孩子夠堅強，只能眼睜睜看他們靠自己的力量突破困境，
比想像中還不容易。反而是我都快哭了。
不過，我們的父母或許也同樣經歷過，
在一旁默默守護的煎熬。
仔細想想，隼人正打算靠自己的力量突破困境，我怎麼可以哭呢。
我只能在他身邊、提高自己的敏銳度觀察，好在他需要幫助的時候，
隨時都能採取行動。

真由美

超越底限

隼人帶好社團活動的裝備，騎著腳踏車往學校飛奔而去。

暑假第一天，社團活動從早上八點開始，現在才六點四十五分。

柚子說：「不管是學習還是做別的事，如果不超過底限就虧大了。」

隼人怎麼想都不認為那樣會吃虧，問過他好幾次「為什麼？」但柚子只說：

「你試試看就知道了。」

於是，隼人決定先從社團活動做起。至少比讀書學習更令他感興趣。

社團活動從八點開始，只要準時報到，誰也不會有意見。

隼人一心只想著要盡可能縮短見到將士的時間，原本打算能在八點整趕到就好了，但柚子說：

「這正是超越底限的機會，你最好七點就去。」

不理會隼人的抗議。

隼人在沒有結論的情況下睡著了，早上六點就被柚子叫醒。

「隼人，你要變成堅強、不逃避的人，所以要超越底限。就這麼說定了。」

柚子一早就擺出老師的架勢。

隼人拗不過他，只好起床，洗臉刷牙出門。

盛夏的早晨，一踩下腳踏車，心情就好好。將士的事雖然讓他如鯁在喉，但也不覺得那群人會這麼早來，這個時間應該不會在社團教室遇到他們。

隼人到學校後，幾乎是用扔的把腳踏車放在停車場，走向教職員辦公室。社團教室肯定還沒有人來，所以得去借鑰匙。

前往辦公室途中，他想起七點半以後才能借到鑰匙。

「糟糕！」

隼人低嘖一聲。但是看到校舍的玄關開著，可見有人已經到了。

幸好，雖然還不到七點，但教務主任淺井老師已經到學校，拿了社團教室的鑰匙給他。

「謝謝老師。」

隼人精神抖擻地道謝，淺井老師露出欣慰的笑容，點點頭後對他說：

「一大早就有學生充滿活力跟我打招呼，看來今天會是美好的一天，謝謝你。」

隼人聽到教務主任這麼說，感到很高興，想起柚子昨天說的：

「試著超越底限。」

於是在轉身離去前又說了一句：

「我也沒想到教務主任這麼早就開始工作。要是沒遇到教務主任，我還得再等上三十分鐘，真是謝謝您。」

隼人彎身行了一個禮後，才離開辦公室。

他在空無一人的社團教室換好衣服，獨自走到操場上踢球。

一個人可以做的練習相當有限，練習挑球、盤球，自己射門，再把球撿回來。雖說氣溫尚未升至最高點，但這些練習已足以令他汗流浹背。

光是能一個人霸佔這麼大的球場練習，心情就特別暢快。

隼人開始練習假動作，是自己所崇拜學長最擅長的假動作。

他還無法成功做到這項技巧，但想利用這個機會把它練好。

「簗山啊。」

這時，有個學長從社團教室的方向走來，呼喚隼人。隼人太專心練習假動作，直到學長叫他，才留意到對方的存在，那人是隊長藤倉正浩。

「藤倉學長早安。」

「早。你來得好早啊。」

隼人才意外呢，沒想到藤倉比誰都早來練習。

「早來得好，陪我練球吧。」

藤倉說道，從內線把自己帶來的球踢向隼人。

隼人像反射動作般，同樣從內線把球踢回給藤倉。

兩人練習了一陣子傳球，接著由隼人踢球給藤倉練習射門，然後再一對一互踢。

隼人拿到球的時候，總是轉眼就被藤倉截走，但隼人遲遲無法截走藤倉的球。

「別客氣，認真放馬過來。不然我也無法練習。」

隼人聽了藤倉的話，使出渾身解數上前截球。

「哦、哦！沒錯沒錯，就是這樣。」

藤倉眉開眼笑地控球，閃過隼人的攻擊。隼人也緊追不捨試圖截球，不讓對方輕易甩開。

回過神來，已經七點四十分了。其他社員開始三三兩兩地現身球場，各自進行暖身，有人聊天、有人傳球。

結果隼人和藤倉一直練習到七點五十分。

「很好，築山，謝謝你陪我練習，去補充水分吧。」

「別這麼說，是我要謝謝學長。」

「平常只有我一個人，今天真的練習得很過癮。都是你的功勞。還要再來喔，我們再一起練習。」

「可是……，我可以陪學長練習嗎？」

自己才一年級，卻跳過二年級與隊長一起進行早上的自主練習，這點令隼人有點膽怯。

「當然可以。」

藤倉似乎聽到隼人的心聲，笑著這麼說。

「好的，我會再來。」

「喔，拜託你嘍。對了，作為回禮，我會教你剛才那個假動作的技巧。」

「啊……，好的。拜託學長了。」

隼人高興地微笑，低頭道謝。

隼人抬起頭時，藤倉已經走開了，向全體社員發號施令：「集合！整隊。」

隼人連忙拿起放在球門柱旁的水壺，喝一口茶，走向一年級的隊伍。

典明和其他一年級生都聚集到隼人身邊，問他怎麼會和藤倉隊長一起練習。

直到開始練習，都沒看見將士的身影。

「所以呢，還有發生其他事嗎？」
隼人難掩興奮地回答柚子的問題。
「最後小比賽，因為有兩個學長沒來，所以從一年級選了兩個人加入正式隊員，我是其中之一。」
「真的**好厲害啊**。」
「對吧。藤倉隊長叫我加入，還決定由我當他的助攻。」
隼人從床上跳起來，手腳並用模擬當時的狀況給柚子看。
柚子用雙眼追逐著往右往左、跳來蹦去說明的隼人。
隼人蹦蹦跳跳了好一會兒之後，在床上躺成大字形，仰望天花板。表情變得十分開朗，與昨天晚上判若兩人。
「試著做超過非做不可的底限，這一天感覺如何？」
柚子盯著隼人問道。

「嗯，很開心……。」

隼人親身體會到柚子所說「不超過非做不可的底限，才是虧大了」的意思，但就是不想老實承認「你說的沒錯」。同時腦中閃過一個念頭，今天發生的好事或許只是偶然，讓他無法坦率承認。再加上「那是因為自己喜歡足球」，這個想法也有很大的影響。

但他依舊確切感受到，超越底限是一件「很快樂」的事。

就像今天，明明不需要那麼早去練習，但光是最早進入球場就很開心，沒想到還能遇到藤倉。

「這份快樂的心情並不是偶然。每次去做超過非做不可的底限，都會得到唯有這麼做才能得到的快樂。」

「是這樣的嗎……？」

隼人仰躺著，雙手繞到腦後，蹺起二郎腿。

「無論什麼事，都要先超越非做不可的底限，才會變得快樂。讀書學習之所以無趣，正是因為還沒超過底限。所以我說不超過底限，才是虧大了。而且你人生中所有重要的事，都得先超越那個底限才能得到。」

「所有重要的事？柚子，你會不會說得太誇張了？」

「一點也不**誇張**。不只足球，凡事都一樣。明明超過底限後什麼都有，卻在超越之前就放棄了，真是**可惜**。就像已經跑了半天的馬拉松，卻在距離終點只剩下幾公尺的地方棄權。」

隼人身子僵了一下，產生少許戒心，他瞥了柚子一眼。

「反正你就是要我學習吧。」

柚子動也不動地思索片刻。

「剛好相反，如果只是學習，一點意義也沒有。」

「什麼？」

隼人反應不過來。

「學習怎麼會沒有意義？」

「如果是沒有超越底限的學習，花再多時間，都不會變成你人生的財產。因為這種學習的目的，只是為了**堵住別人的嘴巴**。把人生大部分的時間，都耗在這種學習上未免太浪費了。」

「我只覺得，花太多時間在不感興趣的學習上，很浪費時間而已。」

隼人提出反對意見。

「等一下……，我找找看有沒有更好的說明。」

柚子說道，又停止動作，發出嘎啦嘎啦的聲音，陷入沉思。

隼人撐起上半身，靠著牆壁，抱著枕頭坐在床上。

沒多久，柚子似乎得到結論了，微微震動把上半身和腳轉向隼人。

「柚子，要給隼人五十萬。」

「什麼？」

「假設柚子說要給隼人五十萬，你會怎麼做？」

「當然是收下啊。」

「可是有兩個條件。」

「條件？」

隼人皺著眉反問。

「沒錯。第一個條件是要在一年內花完，不可以存下來。」

隼人露出老神在在的笑容。

「我有自信一定花得完。」

「另一個條件是錢花在哪裡，要向柚子一五一十地報告。」

「……。」

隼人還在等柚子說明，但柚子似乎言盡於此。還以為他會提出更難以執行的條件，沒想到只有這樣，隼人有些錯愕。

「就只有這樣？」

柚子慢吞吞地點頭。

「只要把錢花完，並且報告把錢花到哪裡去，你就會給我五十萬？」

柚子再次緩慢點頭。

「用在什麼地方都可以嗎？」

「用在什麼地方都可以，柚子不會**有意見**。」

隼人的表情為之一亮。

「既然如此，那我接受。」

「**接下來**才是重頭戲。柚子要告訴隼人的其實是，假設我真的給你五十萬，會根據隼人的報告，把隼人花掉的五十萬分成三類。」

「三類？」

「沒錯。依照隼人把五十萬花在什麼地方，大致分成消費、浪費、投資三類。」

「消費、浪費、投資……。」

隼人像鸚鵡似地重複。

「消費是指，用來購買生活中**無論如何**都需要的東西。浪費是花在沒有也沒差的東西上，也就是無用的花費。投資則是指，花在未來而非現在的自己身上的錢。若只考慮到現在的自己，可以把錢全部花在消費和浪費上，但是這麼一來，將來的自己將一無所獲。為了讓隼人能斟酌這三類的比例，柚子會給你建議，至於下一個五十萬要怎麼用，則由隼人自己思考。」

「我還可以再拿到五十萬嗎？如果你真的會給我的話，那我就認真思考了。」

「**真的**可以得到。」

「欸？」

隼人驚訝地反問。

「你真的要給我五十萬嗎？」

「不是柚子給的，但你就是可以得到，而且過去也**一直**在獲得。」

「什麼意思？誰給我的？過去也有？過去沒有人給我那麼多錢啊……。」

「五十萬的單位不是『圓』。」

「啥？」

「柚子只說要給你五十萬，又沒說要給你五十萬圓。」

「那單位是什麼？」

「單位是『分鐘』。」

「分鐘？」

隼人目瞪口呆地說。

「一年有三百六十五天，一天有二十四個小時，一個小時有六十分鐘，全部加起來的話……。」

隼人念出在柚子胸前平板電腦上顯現的數字。

「五二五六〇〇。」

「沒錯，每個人一年可以得到五十萬分鐘。時間無法儲存，所以每次都會用光。而使用方法，可以分成消費、浪費和投資。三者都是人類活在世上必要的花費，但是如果不考慮比例，把自己當下的欲望放在第一位，時間就會全部消耗在消費和浪費上，這會導致將來一無所獲。因此把握『投資』的時間，就顯得格外重要。」

「原來如此……。」

隼人可以理解柚子目前為止所說的意思，也隱約猜到柚子再來想說什麼了。

「接下來才是關鍵。當你明白『投資很重要』的時候，是否能因此更進一步思考接下來要怎麼做……。」

「我明白了，柚子。簡而言之還是要學習吧。你想說如果不學習，將來會吃到苦頭吧。」

柚子發出聲音搖搖頭。

「我不是這個意思。就算不學習，隼人將來也不會吃到苦頭。反而是學習了，將來才會吃到苦頭。」

「你明明是這麼說的。」

「我才沒有這麼說。我是說如果不投資，將來會一無所獲。可沒說如果不學習，將來會吃苦頭。」

「不是一樣的意思嗎？」

「才不一樣。」

「不行了，……聽不懂啦。」

隼人扔開抱在懷裡的枕頭，躺在床上。

柚子配合他的動作，傾斜脖子和上半身。

「隼人聽不懂很正常。不只隼人，大家都弄錯了。聽到這個說法，大部分的人都會反省自己利用時間的方法。但是，在思考『投資』是什麼的時候，大家都會誤以為非『學習』不可。」

「難道不是嗎？」

「不是的。話說回來，是誰規定『學習』等於『投資』？」

「咦？學習不等於投資嗎？」

隼人驚訝地張大雙眼。

「那投資是什麼……。」

「只要隼人一直在想做什麼事可以變成投資，那不管你做了什麼，都無法成為投資。」

「什麼？那我要怎麼想才好？」

隼人有些不耐煩地追問。

「不是要做什麼，而是要怎麼做。」

「怎麼做？」

「沒錯。學習可以是一種投資，但也有無法成為投資的學習。是消費、浪費還是投資，並非由做什麼決定。即使同樣是『學習的時間』，也能分成消費與投資。在某些情況下，學習也可能是在浪費時間，所以只能以『怎麼做』而不是『做什麼』來區分。」

「這樣啊……？」

「**你想想看**，幾乎全世界的人，從國小到高中整整十二年，都從早到晚去學校『學習』。要是所有學習的時間都成了投資，那麼應該所有人，都能得到美好的將來。然而，儘管大家都花了相同的時間『學習』，每個人卻有著完全不同的將來。換句話說，有人把學習的時間變成一種浪費，也有人變成投資。所以既然要學習，最好採取能把它變成『投資』的方法。」

「要採取哪種做法，才能變成投資呢？」

「隼人應該已經知道答案了。」

柚子這麼說，隼人只好望向遠方，埋頭苦思。

「啊！」

「想起來了？」

「你是指超越底限嗎？」

柚子點頭。

「隼人，你接下來還是得學習。這段時間可能會白白浪費，也可能變成投資。但是既然要做，就不要浪費時間，那樣才是虧大了。」

隼人抱著胳膊，陷入沉思。或許真如柚子所言。

「不只學習，決定做任何事的時候，都必須超越底限，唯有超越底限的時間，才能變成投資，也就是變成你將來的財產，**千萬別忘了**這點。」

MAYUMI　　20XX/07/21　22:14
收件者：k_tsukiyama@XXXXXX
主旨：相遇會使人改變呢！

老公

隼人今天開始放暑假。
一大早就去社團，下午才回來，
之後好像一直待在家裡和柚子說話。
心情看起來還不錯。

能和足球社隊長一起練習，
讓他相當高興的樣子，
還精神百倍地說明天要比今天更早出門，早餐就拜託我準備了。

不管怎樣，這幾天觀察隼人，
我深深覺得，原來遇到的人能讓孩子產生這麼大的轉變。

直到一週前，
他每天都和上國中交到的朋友一起玩。
如今雖然和那些人產生嫌隙，
卻又認識柚子和藤倉學長，
和他們在一起的時間變多了。

看到隼人前後的變化，
我了解到父母想盡辦法也無法改變孩子的地方，
只要遇到能帶給他嶄新價值觀的人，
就能輕易改變。

我想，或許比起父母手把手地親自教育，
認識更多人、向那些人學習，
更能讓孩子成長吧。

因此，我能做的事，就只有幫助隼人認識更多了不起的大人，
或是具有嶄新價值觀的人。
這不就是你想做的事嗎？
如果是這樣，那現階段真的很順利呢！
因為隼人與柚子相遇以後，
開始變成另外一個人了。

謝謝你，老公。

真由美

樂在其中的祕訣

隼人第二天也一大早就出門去社團活動。

六點半到學校，比前一天還早，沒想到淺井老師已經到了。

本來還以為淺井老師會說：

「社團活動七點半才開始，你晚點再來。」

但淺井老師爽快地迎接他。

「早安，築山同學，你今天也好早啊。」

「早安。教務主任才早吧……。沒想到，老師暑假也要這麼早就來學校。」

「學校種了許多植物不是嗎，總是要有人早點來澆花嘛。尤其是夏天，如果不在氣溫完全上升前澆水，植物就會死翹翹，所以感覺好像是它們在呼喚我。這麼一來，自然就會覺得必須早點來才行。」

「……。」

隼人不知該做何反應，總之先乖乖聽老師說話。而且他升上國中也才四個月，根本還沒發現學校有很多植物。

「那……，我先告辭了。」

「好的，社團活動要加油。」

隼人在淺井老師的笑臉目送下離開辦公室。

走出校舍的正門時，綠意盎然的花壇映入眼簾。仔細想想，這裡確實有座花壇，但是在聽教務主任提起前，根本沒留意到花壇的存在。

定睛一看，花壇還挺大的，各式各樣的花草樹木，朝氣蓬勃地伸展深綠色的葉子、繁花盛開。大概是剛澆完水，每片葉子都閃閃發光。喝飽了水，看起來很開心的樣子。

「居然覺得葉子看起來好開心……。」

隼人自嘲地笑了。正因為自己這麼想，大家才會說自己是「怪人」。

「這個時間已經澆完水了……。」

察覺淺井老師其實早就到學校了，隼人暗自嚇一跳，然後走向社團教室。

藤倉隊長比昨天更早出現在球場上。

對足球社員來說，這段練習時間其實並非必要，但是明明才開始兩天，隼人卻感覺自己的實力大大提升。對足球的熱情、對社團的感情，與隊長培養的默契也遠比過去投入更多心力。

「柚子說的話或許沒錯。」

隼人從未想過社團活動的時間居然能如此充實，感覺自己一天比一天更相信柚子教他的種種。

將士這天也沒來練習。隼人稍微放下心中大石，要是將士從此都不來社團就好了……，不過又擔心和將士的矛盾拖得愈久會愈糟。隼人的心情在期待與擔憂中來回擺盪。可是一旦開始專心踢球，他就無暇顧及將士的事了。

練習在十二點整結束。

大家各自討論接下來要去哪裡玩，唯獨典明因為補習班的暑期輔導開始，而趕著回家。昨天也有人約他：「典明，一起來玩吧。」

但典明只能苦笑著拒絕：「不好意思，我接下來要去補習。」

所以今天就沒有人約他了。

足球社的成員似乎已經認定，就算約典明，他也不會蹺掉補習班跟大家去玩。

至於隼人，昨天和今天都沒有人約他去玩。

他隱約察覺到其他一年級生都避著他，所以也說不出「讓我加入你們」這種話。

結果這天隼人也一結束社團活動就立刻回家。

除了將士以外，以不愉快的方式分開後、沒再見過面的三澤圓花，也佔滿了隼人的腦袋。

隼人想用LINE傳訊息給她，但實在想不到該怎麼寫、該傳什麼內容才好。就這樣錯失傳送訊息給她的時機。

隼人滿懷心事地踩著腳踏車，轉眼間就到家了。

「我回來了。」

「你回來啦。」

柚子果然又在客廳看電視。他的語言能力明顯進步許多。

「今天過得如何？」

「嗯，超越底限會發生很多『好事』，好像是真的。」

柚子搖頭。

「現在還不能確定是不是好事，不過超越底限的時間，的確會變成投資的時間，而且那段時間很愉快。」

隼人故意露出不耐煩的表情。柚子從不放過每句話裡極其細微的差異。隼人認為「好事」與「愉快」是同一件事，但柚子可不允許這種模糊的說法，這點隼人很快就明白了。

「我知道了、我知道了啦。沒錯，是很愉快。」

柚子心滿意足地點點頭。

「差不多可以在足球以外的地方試試看了。」

「好啦。」

隼人決定下午就開始念書。除了昨天跟柚子討論過這件事以外，圓花說的話也讓他耿耿於懷。

圓花斬釘截鐵地說過：

「輸給自己，逃避學習的人才遜。」

隼人總覺得她的言下之意為「就是你！」所以忍不住回嘴：

「我一旦使出真本事，妳就知道厲害了。下學期給我走著瞧……。」

如果不能把說出口的話變成「事實」，自己就會成為圓花口中「輸給自己，逃避學習的人」。

「我打算吃飽飯後，馬上開始念書。」

「真由美說冰箱裡有炒麵，用微波爐熱來吃。」

「早點說嘛。我從早上就什麼都沒吃，快餓死了……。」

隼人筆直走向冰箱，找到包著保鮮膜的盤子，放進微波爐。在等待微波加熱的空檔隨口問柚子：

「柚子都不會肚子餓嗎？」

「柚子是機器人，不會肚子餓。」

「這倒也是，你用什麼燃料活動？」

「柚子不需要燃料。體內裝有電池，靠電力活動。」

「可是我沒看過你充電，你是怎麼充電的？」

「我沒充電。」

「欸？那等到電池消耗殆盡時該怎麼辦？」

「……。」

柚子沒有馬上回答，過了一段時間，才擺擺手，以故作開朗的語氣說：

「電池一旦消耗殆盡，就要說再見了。」

隼人一時啞口無言地盯著柚子，內心受到很大的衝擊，腦中一片空白，說出口的卻是「是噢……。」

同一瞬間，微波爐發出「嗶、嗶、嗶」的聲響，隼人這才回神，打開微波爐，戴上隔熱手套取出熱騰騰的盤子，拿到餐桌上，撕開保鮮膜，炒麵的熱氣竄出來，隔著上升的熱氣，看見柚子在另一邊看電視。隼人凝視柚子的側臉。只見柚子看電視時，會稍微擺動手腳。看來不光是說話，柚子就連動作也試著從節目中學習。

「電池一旦消耗殆盡，就要說再見了。」

柚子的話在隼人腦中縈繞不去。

◎

話說，學校出的暑假作業都是計算好的，數學和英語只要每天各做一頁，暑假結束時就能全部完成。但是其他科目也出了作業，可能會有什麼都沒辦法做的日子，因此今天的英語和數學就先各做兩頁吧。

隼人對著書桌、打開作業簿，正在思考這件事的時候，腦中閃過柚子說過的話。

「對了，必須超越底限才行……。」

隼人意氣風發地開始解題。

先完成預定要做的部分，接下來才是自己的財產。

一定下心開始寫作業，沒想到意外地順利，甚至還有感到「快樂」的瞬間，連自己也覺得很不可思議。

這大概是不逃避，出於自我意志面對非做不可的事，所產生的成就感。現在這個瞬間，並非被誰逼著「非做不可」，而是在別人逼自己去做之前，就靠自己的意志去學習。兩者有天壤之別。

「我現在並沒有逃避。」

隼人一想到這個，就心情大好。

原本預定要做的兩頁也瞬間完成，看了看時鐘，距離開始做功課的時間，才過了二十分鐘。

「好，做完了！」

換作平常，他一定會立刻放下筆。

然後開始做別的事，像是玩手機、看電視或出去玩。但今天他從一開始就打定主意：

「接下來才是關鍵！」

隼人對自己說，翻到下一頁。

柚子說的沒錯，超過底限的學習跟足球一樣，不、或許比足球更能滿足自己。

隼人寫到一半，不斷湧現「既然要寫，不如多寫一點……」的想法，他很清楚自己正笑著做功課。

甚至還覺得，自己說不定其實很喜歡學習。

結果隼人花一個小時，寫了六頁的數學作業，遠遠超過原定的兩頁。

「呼……。」

隼人喘口氣，坐在同一個房間裡的柚子轉動脖子，望向隼人。

「隼人，你好專心啊。」

「我超過自己原本預定要做的三倍喔。」

隼人自豪地說。柚子站起來，走到書桌旁，看著隼人寫好的作業。隼人翻著自己完成的部分展示給柚子看，像是在說「你看！」

「感覺如何？」

「嗯？喔，還不賴。」

隼人有些不好意思地說。

「不只是量超越底限，如果連品質也能超過，心情會更愉快。」

「品質？」

「沒錯，超越非做不可的底限不只是頁數──即數量，品質也要超越。例如字寫得漂亮一點。」

「把時間花在這上面能幹嘛？」

「就算花時間，字寫得『只能勉強看得懂』，和寫出『工整漂亮、讓老師大吃一驚』的字，是完全不一樣的。」

「寫字這種東西，只要看得懂就好了。」

「才沒這回事呢。字跡可以很清楚看出，那個人在想什麼。就算寫得不漂亮，只要一筆一劃認真寫，對方一定能接收到你的心意。」

「這我知道，但我不想浪費時間，只想趕快寫完作業。」

「別忘了真正的目的。學習的目的並不是快點寫完作業，而是讓學習的時間變成自己將來的投資。如果無法變成自己的財產，就算很快寫完，也跟沒寫差不多。重點在於思考『**既然要做的話**』。」

「既然要做的話……。」

「沒錯！首先是決定要不要做。一旦決定要做，接下來就能自己決定要怎麼做。這時，養成習慣先想著『**既然要做的話……**』，足以改變隼人的將來。而這也關係到如何養成不逃避的堅強。」

「既然要做的話……，是嗎？」

「對！**既然要做的話**，如果沒從決心要做的事，得到讓自己成長的經驗就**太可**

惜了。因此最好在做法上多下一點工夫，做超過底限的量固然重要，但是在品質上的超越更加重要。若能做到這一點，學習的時間，肯定能變成對將來的『投資』。」

隼人無法老實回答「我明白了」，但仍決定照柚子說的方法試試看。

之所以會這麼想，當然是因為截至目前為止，照柚子說的話去做之後，內心產生的變化都被柚子說中了。然而更重要的，或許是他腦中一直想到這句話：

「電池一旦消耗殆盡，就要說再見了。」

柚子也許只能當幾天的家教老師而已。

「那英語就照這種方法來做吧。」

為了掩飾害羞，隼人有些粗魯地說。

「如果只超過非做不可的量，等於只是把時間花在達標上。必須連品質也超越，花費的時間才會變成投資。千萬別忘了這一點。」

「我知道了、我知道了啦。」

隼人闔上數學作業簿，打開英語的作業簿。

「好！」

他為自己加油打氣後，開始解題。

第一頁寫得很順利，一筆一劃的英文字母，工整得連自己也感到驚訝。

要寫得漂亮果然很花時間，幾乎每次都快出現「好麻煩」的念頭。

他只好一直告訴自己「再忍一下……，既然要做的話。」重新打起精神。

「看到這個，英文老師也會嚇一大跳吧……。」

實際想像一下，隼人不由得笑逐顏開。畢竟，他過去從未這麼細心地寫過英文作業，英文老師可能會嚇到跌破眼鏡……，即使沒這麼誇張，一定也會有所反應。

然而，寫到第二頁的時候，他的動作突然停了下來。

跟數學不一樣，隼人對英語不是很在行，很多問題他都不曉得該怎麼回答。換作平常，他大概會直接跳過。可是想到圓花那句：

「你要逃避嗎？」

隼人就無法輕易讓它空下來。

他搔搔頭。

「柚子，這題我不會。」

隼人向柚子求助。

柚子一如往常先站起來，踩著微微震動的小碎步靠近書桌，盯著那個問題。

「隼人沒有超能力。」

「什麼？」

隼人還以為自己聽錯了，不明白柚子何出此言。

「什麼意思？」

「只有超能力者，才能不看問題就想出答案。隼人不懂的問題，有一半都是因為沒有認真讀題目，讀了就會知道。例如第二題就是這樣……。」

「怎麼可能，我仔細看過問題了……。」

重新再看一次題目，果然某些地方因為「有前例可循」，而沒有細看。這麼一來，自然不知道該怎麼解答。

隼人有些尷尬地說：

「這題剛好這樣，但還是有很多不懂的地方。」

他邊說邊解開那個跳過的問題。

「剩下那一半，沒有知識就答不出來。」

「對吧、對吧，所以我才說我不會嘛。」

隼人彷彿抓到把柄，向柚子抱怨。

「可是，只要看了前一頁的解說就能明白。讀了就知道的東西不去看，卻堅持自己不會，是小孩才會找的藉口。那不是不懂，而是逃避麻煩。」

「唔……。」

隼人在心裡咒罵一聲「哼！這傢伙」，但忍著沒說出口。

「看了也不懂啦。因為我對英語很不在行……，啊。」

這次也被柚子說中了，只要讀過前一頁的解說，就會知道問題跟解說的文章一模一樣。

「大部分的國中生，都以為功課要有人教才會做，但是教科書和參考書，明明就設計成只要自己讀就能理解。不先思考就直接問別人，只會不知不覺喪失靠自己理解的能力，等於主動捨棄將來需要的生存能力。重要的是，可以靠自己解決的問題，要有靠自己去解決的勇氣。國中的課業，只要下定決心憑自己的力量完成，一定沒有你不會的問題。自己有心想查，就一定能找到答案。」

隼人沒回話，繼續寫英文作業。

結果跟數學一樣，他只花一個小時就做完六頁。過程中雖然也有不懂的問題和寫不出來的單字，但他並未依賴柚子，而是尋找統整過的解說文章、使用同一個單字的問題，靠自己的力量找出答案。

「呼……，做完了！」

隼人神清氣爽地歡呼。

柚子微微撞擊雙手的軟式網球，發出啪噗啪噗的細微聲響，像是在為他拍手。

「照這樣下去，說不定下學期成績真的能突飛猛進。」

隼人喜不自勝地說。

「別逃避學習，抱著既然要做的念頭，在品質與分量都持續超越底限的話，學習時間不僅會變成隼人對將來的投資，學習本身也能變成一段很快樂的時間。這正是享受人生的祕訣。學會這點比什麼都重要，與成績無關。」

「與成績無關……，會不會說得太武斷了？」

「一開始，柚子問隼人為什麼要學習的時候，隼人說萬一成績太差就不能踢足球了，但那並不是學習本來的目的。」

隼人苦笑著回答：

「這我也知道。」

「那學習本來的目的是什麼？」

「當然是為了將來能過上好日子啊。爭取到好成績，就能考上好學校，要是能考上大學，將來就會有比較多選擇……。呃，不只是為了自己，也是為了將來自己身邊的人……。」

隼人把自己過去聽到的答案，再加上從柚子口中現學現賣的註解，加以說明。

「不學習將來會吃到苦頭是騙人的，用功學習將來就能過上好日子也是騙人的。

不信你可以去問小時候用功讀書的大人，長大之後是不是就過上好日子了。說不定反而是用功讀書的人吃到更多苦頭。」

「既然如此，不學習不是比較好嗎？」

「倒也不是這樣。考慮到學習本來的目的，還是用功讀書比較好。」

「所以呢？學習本來的目的，到底是什麼？」

「有一句話是這麼說的。」

柚子胸前的iPad顯示出文字。

「君子之學，非為通也，為窮而不困，憂而意不衰也，知禍福終始而心不惑也。——荀子」

隼人有看沒有懂，念出聲音來。

「這句話是什麼意思？」

「所謂君子，指的是德高望重或品格出眾的人。這句話的意思是，為了成為德高望重的人，學習的目的並非是出人頭地，或獲得崇高的地位。」

「這就是『君子之學，非為通也』的意思嗎……？」

「沒錯。然後就算人生出現被逼到狗急跳牆的狀況，也能不為所動……。」

「為窮而不困……。」

「下一句是即使陷入困境、四面楚歌，也不會失去幹勁……。」

「憂而意不衰也……。」

「了解人生就是有苦有樂，福無雙至、禍不單行永遠是一體兩面，**不會**永遠只有快樂或痛苦，心靈才不會漂浮不定、無所適從……。學習的目的，是為了讓自己無入而不自得。**你覺得如何**？」

「就算你問我覺得如何……？我也不是很明白，不過我猜學習就是為了不要變成那樣。」

「不要變成那樣，是什麼意思？」

「將來不要碰上被逼到狗急跳牆的狀況，或是不要陷入困境，聽起來好像不學習就會變成那樣。」

「就是這麼回事。絕大部分的人**都以為**，學習是為了出人頭地，或找到更穩定的工作。以為只要找到穩定的工作，就能免於陷入逆境或對自己不利的狀況。但實際上並非如此，無論再怎麼用功學習，還是會陷入困境、會遇到狗急跳牆的狀況。這種事不必真的去問曾經很認真讀書的人，也能想像得到。」

「從來沒有人告訴我們，即使學習，將來也不會一帆風順。」

「不管用不用功，人的一生都充滿變數。」

有時候會陷入困境，有時也會被逼到狗急跳牆、無處可逃，有時甚至會接二連三發生不幸的事，讓人想問老天爺為什麼只有自己遇到，就像現在的隼人這樣。這種倒楣事，會公平地發生在所有人身上。但陷入困境的時候，要是失去勇氣、不知所措、灰心喪志、打不起精神來、感到絕望、認為未來一片灰暗，就真的會失去活下去的力氣。愈是陷入困境的時候，愈要堅強，才能否極泰來。」

「所以要學習……，對嗎？」

「沒錯。學習是為了讓自己成為陷入困境時，不會灰心喪志的人。無論何時何地都能堅強、樂觀、保持美麗。因此無論多會讀書、成績再好、考上多好的高中，如果是一遇到『困境』就馬上『灰心喪志』的人，等於沒有完成學習的任務。所以柚子才說，如果想成為不逃避的人，就得先成為不逃避學習的人。」

隼人對學習的價值觀，在這個暑假產生了巨大的變化。

這件事，他自己心中也很清楚。

MAYUMI　20XX/07/22　21:58
收件者：k_tsukiyama＠XXXXXX
主旨：隼人很用功喔！

老公

隼人今天也一大早就打起精神，
去參加社團活動。

回來以後，又和柚子一起念書。
真的很神奇吧。

原本那麼討厭念書的隼人，
放暑假以後反而開始認真地學習，
而且，柚子說他好像專心寫了很久的功課喔！

隼人真的改變很多。
甚至，我還感受到一個更大的變化。

感覺隼人好像變得比以前溫柔，
這才是比什麼都重要的事。

實際上，自從柚子開始教隼人功課，
明明柚子才是老師，
但是感覺隼人看柚子的眼神，
就像看著自己的親弟弟一樣。

暑假的頭幾天，過得比想像中順利。

真由美

不斷減少的時間

早上第一個到學校，向淺井老師借了鑰匙；比誰都更早進球場，等隊長來就跟他一起練習。當所有人開始練習的時候，隼人被叫到以二年級生為主力的先發隊伍，練習項目跟大部分的一年級生都不一樣。

社團活動結束，回到家，就坐在柚子旁邊用功。

開始放暑假才過一週，隼人已經很習慣這樣的生活。

他第一週就寫完學校出的英語及數學等作業，無事可做了。

儘管如此，隼人已經養成「既然要做就全力以赴」的習慣。於是他接受柚子的建議，認為如果作業寫完就無所事事，也太可惜了，因此想繼續往更高的學習目標邁進。

七月最後一天，隼人像往常一樣騎著腳踏車，馳騁在早上人煙稀少的上學路上。

不過，往學校前進的他，突然覺得不太對勁。

「奇怪……。」

學校的氣氛，與平常不太一樣。

隼人仔細一看，花壇不像平常那樣充滿生機。

早上還沒澆水。能察覺這麼細微的變化，最驚訝的莫過於隼人本人。

他停好腳踏車，走進校舍，辦公室裡只有籃球社的光永老師，沒看見淺井老師。

「早安。」

「哦，築山啊。你果然很早來呢。」

光永老師邊說邊拿起社團教室的鑰匙，走向隼人。

「今天，教務主任不在嗎？」

「嗯？……哦，教務主任住院了。」

「住院！」

隼人驚呼出聲。

「教務主任說你大概會來，所以要我早點來。」

「這樣啊。」

「早點來固然是件好事，但你也不要太早來啊。畢竟社團活動七點半才開始。」

光永老師看了時鐘一眼。指針指著六點三十五分。

「好的，對不起。」

「算了，這時間應該已經有人來了，但還是不要太早喔。因為你來得太早，學校可能還沒開門……。」

「……知道了。」

隼人低頭鞠躬，正要走出辦公室，卻在門口轉過身。

「那個……澆水。」

「什麼？」

「我如果太早到，可以幫花壇澆水嗎？」

「哦，原來是這件事。教務主任也拜託我了。可以啊，你願意幫忙真是再好不過了。」

隼人又行了一個禮，走出辦公室。

光永老師急忙繞過辦公桌，準備去澆水。

那天練習的時候，也有人在討論淺井老師住院的事，聽說病情相當不樂觀。

「好像是癌症……。」

這句話一直留在隼人耳邊，無法忘記。

◎

隼人從社團回家的路上，也一直想著淺井老師的事。

放暑假之前，淺井老師與自己的生活，一點關係也沒有。他甚至連老師的名字都不知道，一向只叫他「教務主任」。

然而放暑假才十天，習慣每天早上互道早安，稍微聊上幾句再去練習，他居然喜歡上淺井老師了。

「築山同學的早安問好能帶給人幸福，一早就讓我充滿活力，真是謝謝你。」

隼人第一次遇到會說這種話的老師。

這當然也是因為天時地利人和。

柚子告訴過他，做超出底限的一切，才是人生的財產。所以他才會連一句「問好」，都要說得令人挑不出毛病。

淺井老師是他努力嘗試後，第一個、也是唯一的對象。

就結果而言，淺井老師是第一個、也是唯一一個，認為隼人是「好學生」的老師。然而淺井老師卻住院了，而且病情還不太樂觀。

這個消息，讓隼人的心情低落。

不只是因為淺井老師的病。

他一想到昨天還很有活力跟他打招呼的淺井老師，可能從此不在人世，便切身體悟到所有生命皆有盡頭。

隼人雖然沒有說出口，但「柚子」的存在，對他來說已經變得愈來愈理所當然。如今這個體悟等於在告訴他，柚子也會有消失的一天。

柚子說自己是「為了教會隼人愛是什麼，才被創造出來」。

不知道是哪一天，但「電池一旦消耗殆盡，就要說再見了」，這句話始終縈繞在隼人的腦海揮之不去。

柚子是爸爸幸一郎所做出來，為了在他去美國出差不在家期間，陪伴自己的機器人。所以隼人一廂情願地以為，柚子至少能運作三個月，直到幸一郎回來為止，但柚子的電池真能撐這麼久嗎？

明天，不、說得極端一點，就算今天從社團回家，柚子已經不動了也不奇怪。

就算沒這麼快，能與柚子共度的時間，正一分一秒地減少也是事實。

「即使那樣，也沒辦法……。」

隼人試圖說服自己。他剛見到柚子時那種嫌惡的心情，早已煙消雲散。

「這麼噁心的機器人，快拿去丟掉啦。」

事實上，他甚至無法想像回家的時候，萬一柚子已經不動了，自己會有什麼感覺。隼人不禁開始害怕。

說不定，就是今天。

與隼人的擔心形成對比，回到家時，柚子還是老樣子坐在客廳裡看電視。

「柚子，我回來了。」

「你回來啦，隼人。」

「你又在用電視吸收新知識？」

「沒錯。我說話愈來愈流利了。」

看到柚子開心地動了動身體，隼人忍不住微笑。

「柚子，你有沒有什麼想做的事？」

「想做的事？」

「對呀。像是玩遊戲或看電視……。」

柚子聲響大作，搖搖頭。

「機器人是基於某種目的被製造出來的產物，除了那個目的以外，沒有其他想做的事。」

「這樣啊……。」

隼人略帶遺憾地回答。他原本想著要是柚子有什麼想做的事，說不定自己可以幫他實現願望。

「柚子知道自己可以運作到什麼時候嗎？」

柚子點頭。

「還有時間。」

「萬一……。」

隼人試探地問道。

「萬一柚子因為沒電而停止運作……，是不是只要拜託爸爸為你充電，就可以再見到你了？」

「見不到。」

柚子不假思索地回答。這個答案，對隼人無疑是一大打擊。

「為什麼！不管是手機還是遊戲機，只要充電就能一直用啊！」

隼人心急地大聲說著。

「像柚子這種學習型的人工智慧，一直成長下去可能會有危險。而且有很多不明確的問題點，誰也不曉得繼續成長下去，會有什麼後果。所以都會製作成目的型機器人，一旦達成目的，任務就結束了。」

「怎、怎麼這樣……。」

「不過，也沒必要為此傷心。人類也好，寵物也罷，所有珍貴的事物都擁有相同的命運。生命一定會走到終點，但會留下各種東西給下一代，生命就是這樣延續下去的。」

「我知道……，可是柚子不想一直活下去嗎？」

「柚子如果想一直活下去，就會不想達成當初被製造出來的目的。但系統不允許柚子這麼做。要是重視自己的生命更勝於目的，系統便會失控。柚子已經被設計成要避免這種情況發生的機器人了，所以不會這麼想。」

隼人雖然聽不太懂，還是覺得很悲傷。

與柚子共度的時光，已經變得愈來愈理所當然，他很清楚柚子已經變成對自己相當重要的存在，是自己不可取代的朋友。想到總有一天必須與柚子道別，而且倒數計時已經開始了，隼人心中就有說不出的寂寞感。

「為什麼，爸爸要做這麼殘忍的事……。」

隼人喃喃自語。

「是為了隼人。」

「為什麼讓朋友離開，是為了我？」

「要是柚子一直陪在你身邊，隼人就會對柚子產生依存心理。」

「依存？」

「沒錯，過度依賴的意思。長久下來，你會失去人類最重要的思考力、判斷力、決策力，不再自己動腦，認為只要照人工智慧的答案行動，就不會出錯。可是人工智慧給的答案或許合理，卻不見得是正確解答。」

「聽不太懂你在說什麼。」

「柚子的任務，只是協助隼人學會自己動腦、採取行動。當隼人了解到這一點，柚子就必須消失。接下來要靠隼人自己思考。答案並非是人工智慧提供的合理解答，而是答案就算不合理，也是隼人自己想做的事。」

隼人心中因難以言喻的感情糾結，沉默不語。

柚子被製造出來的目的，是為了教會自己愛是什麼，達成目的就必須消失。先不管他是不是已經教會自己愛了，但他的確教會自己除此之外的更多事，隼人也確實開始從柚子身上，感受到他對自己不求回報的愛。「因為感受到愛，反而更靠近分離的時刻？」想到這個，隼人便覺得好難過。

另一方面，自己從沒為柚子做些什麼。正因為察覺到這一點，才更應該去做不是嗎？曾幾何時，柚子已經變成讓隼人主動想為他付出的人了。

對這個轉變感到最驚訝的，其實是意識到這份心情的隼人本身。

隼人站在幸一郎的研究所前。

他用從家裡帶來的鑰匙開門，屋子裡有好幾臺電腦和大量的工具，乍看像破銅爛鐵的東西四處散落，還有六個最新型的遊戲機空盒，沒看見裡面的東西。

「只要能在柚子的電池耗盡以前，搞懂充電的方法……。」

隼人以為來到這裡，或許能找到一些線索，但實際來了以後，看到東西也不知道用途為何，根本不曉得該怎麼做才好。

隼人束手無策，在研究所裡走來走去。

被雜物堆得亂七八糟的工作桌中，有張桌子上書本堆積如山。

隼人一本一本地拿起書翻閱，但是內容太難了，根本看不下去。

只有一本，是連隼人這個國中生也看得懂的書。

書名是《機器人工學入門》，書腰上寫著「利用五金行就有在賣的零件，自己動手做機器人」。

隼人拿起那本書。

從那個位置再環視研究所內部一圈，暗自期待或許能做點什麼的希望變成絕望。他開始覺得悄然無聲的研究所，令人感到不安。

隼人走出研究所，鎖上門。

走到工廠外時，有人叫住他：

「築山同學。」

隼人嚇得差點停止呼吸，回頭一看。

只見圓花就站在身後。

「哦……，三澤。」

隼人勉強從喉嚨擠出聲音。

圓花牽著狗。這是隼人第一次看她穿便服，感覺很新鮮。

大約十天前，受到將士他們圍攻，在最糟的情況下與圓花分開，現在不知要用什麼表情面對她才好，隼人知道自己的舉止變得相當不自然。

「……怎麼？……妳來散步？」

「嗯。很可愛吧。」

儘管圓花的語氣，似乎沒把十天前的事放在心上，但隼人依舊無法正視圓花，視線看向她身邊的狗。那是隻小型犬，不確定是什麼品種，大概是混種狗。

與世人眼中「可愛」的貴賓犬或臘腸狗等截然不同，不會讓隼人直覺聯想到「可愛」這個形容詞，硬要說的話，頂多是「很有個性」吧，或是女生之間流行說「醜萌（醜得可愛）」的意思。

圓花蹲下，撫摸著狗說道：

「牠叫德爾・皮耶羅。」

「德爾・皮耶羅？」

隼人下意識反問。沒想到這時候會冒出自己也知道的知名足球選手名字。

「什麼，三澤也喜歡足球嗎？」

圓花搖頭。

「是我爸取的。好像是因為這隻狗下垂的眼睛，長得很像德爾・皮耶羅，所以才取這個名字。我不太清楚，很像嗎？」

隼人忍不住笑開懷。這麼說來，這條狗的確很像德爾・皮耶羅。不僅如此，仔細一看，德爾•皮耶羅看起來也很像柚子。

聊著聊著，隼人比較沒那麼緊張了。

「話說回來……。」

圓花站了起來，望向隼人剛才走出來的工廠。

「築山同學，你在這裡做什麼？」

「咦？……呃，……嗯，有點事。」

隼人還是老樣子，不想讓別人知道這裡是父親的研究所，含糊其詞地帶過。

「嗯哼。」

圓花沒打算繼續追究，又往工廠裡面看了一眼，視線落在隼人手上。

「怎麼？你要做機器人嗎？」

隼人連忙把手裡的書藏到背後。

「哦，妳說這個？不是，我沒有要做機器人，只是有點興趣。」

「是噢，你也會對這種東西感興趣啊……。」

圓花一臉意外地微笑。

「這不重要啦……。」

隼人擔心圓花會接著聊研究所或機器人的事，試圖轉移話題。

「……上次真抱歉吶。」

隼人說道，圓花默不作聲地搖搖頭。

不需要進一步說明，圓花也知道隼人為何道歉。隼人尷尬地撇開視線。他早在心中決定，下次再見到圓花，一定要向她道歉，所以能說出這句話，隼人的心情也稍微輕鬆了一點。

「我現在正以三澤口中『不逃避、堅強的人』為目標，努力修行中……。」

隼人說到這裡，蹲下來撫摸德爾．皮耶羅的頭。

圓花發現隼人與暑假前的感覺判若兩人，不由得緊盯著隼人看。

德爾．皮耶羅大概很不怕生，毫不嫌棄初次見面的隼人，乖乖任他撫摸。

「好乖啊。」

隼人轉移話題。圓花附和：

「已經十三歲了，和我一樣大，算是老爺爺了。」

「嗯哼……。」

兩人不約而同地朝同一個方向前進。

「築山同學，你感覺跟之前不太一樣呢。」

「是嗎？」

「嗯。好像變得成熟穩重，溫柔多了。」

隼人不禁笑逐顏開。

「最近發生了很多事。」

圓花也露出喜悅的微笑。

「這樣啊，學習有進展嗎？」

「還好啦……。」

隼人引以為傲地點點頭，然後苦笑。

「說是這麼說，但也才剛開始。」

「光是開始就很厲害了。」

被圓花這麼一稱讚，隼人真的好高興。他看著圓花的側臉。

看見圓花的髮絲，被夏天的夕陽照得閃閃發光。

「這麼說來，我暑假經常去市立圖書館看書，如果你有空的話……。」

正當隼人心神快被她的表情勾走的瞬間，圓花表情突然一沉。

隼人反射性追尋圓花的視線轉頭。

該說是果不其然，還是莫非定律呢？前方有群騎著腳踏車、朝這邊來的四人組。

騎在最前面的不是別人，正是將士。遠遠就能看見他的表情沾沾自喜，有如發現獵物的動物。

不知為何，隼人偶然遇到圓花的時候，也一定會碰上將士，像一種宿命。

「開心的事與討厭的事，經常互為表裡。」

想起柚子前幾天說的話。

隼人進入備戰狀態。他還不敢斷定，自己是不是已經變成不逃避的傢伙了。十天前發生在便利商店前的事，如同心理創傷歷歷在目，使隼人表情緊繃。頭髮染成金色的將士愈來愈靠近，髮色染成這樣難怪他不去社團。

「發現隼人和三澤！」

將士說道，騎著腳踏車蛇行過來。

「你們果然在交往。」

將士把腳踏車停在隼人跟前，其他三輛腳踏車也圍著隼人和圓花停下。

「三澤，改天見。」

隼人對圓花說，自己卻停下腳步，示意圓花先走。

圓花接收到他的暗示，說了聲：

「嗯，好……改天見。」

說完後逕自穿過腳踏車縫隙離開。

隼人其實很害怕，沒有半點勝算，只能拼命在腦中重複想著：

「我已經決心不逃避了！」

「怎麼啦，隼人。我打擾到你們約會嗎？」

將士笑著調侃，其他三個人也配合他大聲訕笑。

「就是說啊，你打擾到我們難得的約會了。」

隼人反擊。

圓花大概也聽到這句話，只見她站在稍遠的地方回頭張望。

「怎麼，你們真的在交往啊？」

將士鼓噪著把臉湊近隼人。

「開玩笑的啦，我只是想要是真的就好了，所以你不要來打擾我們嘛。」

隼人笑著回答，沒把握自己笑得自不自然，但暗想自己的笑容肯定很僵硬吧。

將士聞言，臉色變得很難看，惡狠狠地瞪著他。

「你可不要得意忘形了。」

隼人只是回望著將士，在心裡重複說：

「不要逃避，不要逃避。」

「你太囂張了。」

聲音從將士背後傳來，隼人不予理會，依舊只盯著將士看。

「小口，來社團嘛，一起踢足球吧。」

隼人只說了這句話。

「呿！吵死人了。本大爺才沒有空陪小鬼踢球呢。喂，走了，要是遲到又要挨罵了。」

將士丟下這句，對另外三人使了個眼色，轉身離去。

看來是學長找他們出去。

目送四輛腳踏車離去，隼人深深地嘆了一口氣。

MAYUMI　20XX/07/31　23:03
收件者：k_tsukiyama@XXXXXX
主旨：成長。

老公

開始放暑假已經過了十天。
隼人用功學習，像脫胎換骨變了一個人。
他居然已經做完英語和數學作業了。

和柚子的感情，也還是一樣好得不得了。

感覺隼人最近還有一個改變。
由我來說好像怪怪的，
該說是變得像個男子漢嗎？
總之是看起來變堅強了。

是因為開始學習，個性變穩重了嗎？

下午還去你的研究所，拿了一本《機器人工學入門》的書回來看。

隼人大概已經知道，
你上一封信告訴我的事了。
我也受到好大的打擊。
但仔細想想也沒錯，學習型的人工智慧，
要是經由充電就可以一直運作，
無止境地成長，
或許是件非常恐怖的事。
所以柚子的壽命有限固然很可憐，
但也沒辦法。

不過，這樣的悲傷，
或許也能讓隼人成長吧。

我也想好好珍惜，與柚子共度的每一天。

真由美

永遠在一起

隼人為學校的花壇澆水時，驚訝地發現自己有許多想法都產生了變化，現在正在做的事就是其中之一。他做夢也沒想到，自己會主動把不用做也沒差的「澆花」攬來做。

更想不到的是，他居然會覺得澆花「很開心」。

比誰都早起，替淺井老師澆水，成為最早到校的學生，在辦公室跟老師聊天，還有第一個到操場練習足球……，如果是放暑假前的隼人，一定會覺得：

「好麻煩。」

「這麼做真是虧大了。」

「有必要做這種事嗎？」

因而避之唯恐不及。但如今，這一切都變成快樂的時光。

他曾經認為只要做完非做不可的事就好，多做其他事很吃虧。

然而，柚子卻說這種生活方式才吃虧。

柚子不厭其煩地告訴他，無論任何事都要超過底限，才會成為支撐隼人未來人生的財產。不僅如此，舉凡每天的喜悅、幸福、快樂，乃至於人生的使命，都必須跨越非做不可的那條線才會實現。

隼人還太年輕，無法確信人生使命，是否真的要跨越非做不可的那條線才會實現；也沒有證據可以證明，那段時間真的能成為對將來的投資，但他認為這是值得信賴的想法。至少，除了非做不可的事，多做其他事的時間，確實非常快樂。

此時此刻，隼人彷彿是從小就依循這種價值觀長大，正逐漸成為無論做什麼事都能輕鬆超越底限的人。

柚子也說：「隼人最近已經不會逃避非做不可的事了。」

隼人反問：「是嗎？」

柚子發出機械音，用力點頭。

「以前隼人念書時會自言自語：『為什麼非做這種事不可？』但最近已經不會說這種話了。相反地，還會思考該怎麼做才能樂在其中。」

「因為既然要做，還不如做得開心一點。」

隼人說得像是從以前就這麼想。他的回答讓柚子報以一笑。

沒錯，柚子笑了。

表情當然沒有變化，只能發出笑聲，像是「呵呵呵」或「哈哈哈」，有時候還會發出「咯咯咯」的笑聲。

因為暑假作業已經做完了，隼人這幾天都在圖書館，閱讀從幸一郎研究所帶回來的《機器人工學入門》。

他之所以不在家裡看，有兩個原因。

一是不想讓柚子看到。

另一個原因則是——其實這才是重點——因為圓花說她會去圖書館。然而，隼人開始去圖書館已經四天了，圓花一次也沒來過，大概是和家人去旅行了。

原本是為了阻止和柚子「說再見」的那天到來，隼人才開始研究機器人，但是他愈看愈吃驚，原來自己學習的內容，與自己想做的事，距離如此遙遠。書裡寫著如何製作能簡單活動的機器人，的確連隼人這種國中生也看得懂。用電池和馬達製作會動的機器人……，其實未超出製作模型的範圍。但隼人想知道的並不是這些。

隼人最後只領悟到，自己想做的事，根本有勇無謀；等於是無知的初學者、企圖理解並改變走在世界最尖端的人工智慧構造。隼人一再受挫，但每次都重新為自己加油打氣：

「不能放棄，否則柚子就會消失。絕對不能半途而廢。」

隼人在圖書館，與《機器人工學入門》大眼瞪小眼。

今天也一下子就卡關看不懂，他抱著頭，整個人趴在桌上。

「唉。」

隼人心灰意冷地長嘆一聲後，抬起頭來，圓花就在眼前。

「哦……，好久不見。」

隼人的表情突然亮了起來，像是一直緊閉的房間窗戶頓時打開，感到豁然開朗。

但是相隔五天再見的圓花，卻露出悲傷的眼神。受到她的影響，隼人的表情也變憂鬱了。

「發生什麼事了？」

被隼人這麼一問，圓花好似再也忍不住，淚水一顆接著一顆奪眶而出。

「怎、怎麼啦？」

隼人不知所措，在安靜的圖書館內四下張望，拉著圓花的手站了起來，顧慮到周圍的目光，總之先出去再說。

這是隼人第一次握住圓花的手，圓花順從地任由隼人拉著走出去。

走出圖書館的瞬間，盛夏的暑氣朝他們直撲而來。油蟬的大合唱源源不絕從四周的樹上傳來，刺激著耳膜。

隼人選了一處比較大的樹蔭，走到樹蔭下，放開圓花的手。

「怎麼了？」

隼人再度問道。

圓花聞言就當場蹲下，雙手蒙著臉，開始哭泣。

要是帶了手帕，就可以借給她擦眼淚，但隼人沒有機伶到會帶那種東西，只能手足無措呆站在原地，茫然地盯著圓花看。過了好一會兒，圓花用右手一把拭去雙眼的淚痕，以顫抖的聲線擠出一句話：

「德爾‧皮耶羅牠……。」

「德爾‧皮耶羅……。」

光聽到這一句，隼人已經猜到圓花要說什麼了。德爾‧皮耶羅是圓花前幾天帶出來散步的狗。圓花說德爾‧皮耶羅的年紀和她一樣大，以狗的年紀來說，算是老狗了。

「死掉了?」

隼人替她把話說下去，只見圓花眉頭一皺，又落下豆大的淚珠，哽咽地點頭。

隼人比剛才更不知該說什麼才好，只能等圓花冷靜下來。過程中，天氣實在太熱，隼人的襯衫早已被汗水浸溼。定睛一看，就連蹲在地上痛哭的圓花也汗流浹背。

「進去吧。」

確定圓花稍微冷靜下來，隼人建議。

圖書館的冷氣好強，一回到入口，就感覺全身被舒爽的冷空氣包圍。兩人找到可以允許小聲說話的地方，並肩坐下。

到這裡還好，可是一旦坐下，沉默再次橫亙於兩人之間，隼人又開始不知所措，忙著尋找適合的話語。

「像這種時候，該說節哀順變嗎?還是很遺憾呢……，也不對……。」

那一瞬間，閃過隼人腦中的畫面是:

「如果是電視連續劇，男主角這時會輕輕把自己的手，放在女孩子手上，或是攬過她的肩膀……。」

光是想像就令他緊張萬分，無論如何都不敢真的伸出手。從開始想像的那一刻起，隼人的心臟就跳得飛快。

「爸爸媽媽都說德爾・皮耶羅雖然死掉了，但是會永遠活在圓花心裡……。」

圓花還在吸鼻子，不過已平靜許多，開始斷斷續續小聲說道。

「……德爾・皮耶羅當然會永遠活在我心裡，但事實上牠就是不在了，這點令我難以接受……。」

圓花說到這裡，情緒被自己說的話觸動，差點又哭出來。

隼人只能陪著圓花，聽她傾訴。

圓花最後丟下一句：

「抱歉，打擾你看書了……。」

然後垂頭喪氣地站起來，從隼人面前走開。

隼人直到最後都不知如何安慰她才好，只能目送圓花的背影離去。

⬠

隼人回到家，馬上告訴柚子這件事。

並不是想問他該怎麼做，而是最近已經養成習慣，一回到家就會與柚子分享那天發生的事。

隼人邊說邊打開冰箱，拿出一瓶水，把水倒進杯子裡一口氣喝光，又再倒一杯水。外頭的熱氣真不是開玩笑的，他喉嚨非常乾渴。

柚子充滿興趣地歪著脖子聽隼人敘述，時而頻頻點頭。

隼人說完來龍去脈後，在餐桌前坐下。

柚子只說了一句：「雖然再也看不到德爾・皮耶羅，**但牠永遠陪在那個女生身邊喔。**」

隼人睜大雙眼把身子挺直，緊盯著柚子。

「你是指靈魂嗎？真的有靈魂嗎？」

隼人不太了解死後的世界，倘若柚子說「有」，他可能會信以為真。

柚子沒回答隼人的追問，發出「嘰——」的聲響，舉起右手指著放在隼人面前的玻璃杯。

「那是什麼？」

「這個？這是水……。」

「有幾個水？」

隼人苦笑，然後像說給小朋友聽似地加以說明：

「柚子，水的單位不是『個』喔，這是『一杯』水。」

柚子搖頭。

「我是問你這一杯有幾個水。」

「什麼？」

隼人不明白柚子這個問題的意思，拔高了音調反問。

「把這杯水分成兩半，再分成兩半，然後再分成兩半……，這麼一來，遲早會變成無法再分成兩半的狀態，那就是一個水。」

「嗯，我好像聽過這個說法，是叫分子吧。」

這是他最近在機器人工學的書裡，看到的單字。

「沒錯。一個水稱為水分子。那你認為，這一杯水裡總共有幾個水分子？」

隼人無法想像，隨口說了一個自己能想到最大的數字。

「一百億個左右？」

「不對。」

「那，一百兆個！」

「也不對。」

「我不知道比這個更大的數字了。」

「隼人，柚子接下來要告訴你答案，請準備好紙筆。」

隼人站起來，從放在電話旁的印表機裡抽出一張紙，再從筆筒拔出一枝筆，回到餐桌前。

「先寫下六，後面再補上二十四個零。」

不等隼人坐好，柚子就開始說。

「話說回來，我們怎麼會討論起這件事……。」

隼人已經想不起原因了，總之先照柚子說的寫下數字。

「寫下六，後面再補上一、二、三……個零。」

隼人邊數邊寫下二十四個零。

「寫好了。」

「在杯子裡倒入一百八十毫升的水，就會有這麼多個水分子喔。」

「個、十、百、千、萬、十萬、百萬……。」

隼人從右邊開始數過來，數到第十五還十六個零就放棄了。

「不知道怎麼念了。」

「即使不知道怎麼念，也知道杯子裡有非常非常多的水分子吧。像這種時候，要用到上學期學校教的升冪指數運算，念成六乘以十的二十四次方（6×10^{24}）。如果把這個杯子直接拿到陽臺上，會發生什麼事？」

「水會乾掉吧？」

「沒錯。會變成水蒸氣，釋放到空氣裡。接下來需要計算機，把你的智慧型手機拿來。」

「等一下！先告訴我，我們現在到底在幹嘛？」

「我們現在要計算眼前這杯水，若均勻地分布到地球上的空氣裡，這個房間裡會有幾個水分子。隼人認為有幾個？」

「什麼？為什麼要計算這個？」

隼人已經完全想不起來，為什麼會開始計算起水分子了，他沒耐心地問柚子。

「先告訴我你的預測。」

「我完全想像不出來……，倘若均勻地分散到地球上，大概連一個都沒有吧。」

隼人沒好氣地回答。

「所以呢，計算這個要幹麼？」

「為了讓那個女生理解，德爾・皮耶羅永遠都在她身邊。」

隼人不解地歪著腦袋。

隼人在柚子的引導下，計算出一串數字。

「你知道地球的圓周是幾公里嗎？」

隼人搖頭。

「約四萬公里，你可以由此計算出半徑吧。」

「等一下……，要怎麼算來著。」

隼人利用「直徑×圓周率＝圓周」的公式求出半徑。

「四萬除以三點一四，再取其一半……，所以是六千三百六十九公里。」

「很好，再用之前教過你的概數來計算。」

「那就是六千四百公里。」

「繼續，你認為大氣層在距離地面幾公里的地方呢？」

「大氣層？」

隼人稍微想了一下。大家都說世界最高峰是八千多公尺的喜馬拉雅山，據說山頂上的空氣很稀薄，所以大概再一倍吧……隼人心想。

「二十公里……？」

「非常好的想像力。海拔大約二十公里的地方，稱為對流圈，地球的空氣大約有百分之八十都在那裡。不過，國際航空聯盟將宇宙空間定義為海拔一百公里以上，稱為卡門線。你想用哪條線來計算？」

「那就抓一百公里的整數。」

柚子點點頭。

「你知道如何計算球的體積嗎？」

「不知道。」

「假設球的半徑為 r，體積則為 $4\pi r^3/3$。這樣可以計算出地球的大氣體積嗎？」

「等一下喔……。」

隼人在紙上寫下簡單的公式，開始計算。

「大球半徑為六千五百，小球半徑為六千四百……，大球減小球……。」

只要運用前幾天在作業裡寫過的國一數學，似乎就能輕鬆算出來。

「$4/3\pi(6500^3-6400^3)$ 所以是……。」

隼人按計算機。

「$4/3\pi$ (27462500000 − 26214400000)」

繼續往下算。

「會變成 4/3×3.14×12481000000……。」

隼人一邊拼命寫、一邊用智慧型手機敲出數字。

「算出來了！大約是 52,000,000,000。」

「單位呢？」

「單位是……，因為是公里……所以是立方公里！」

「那再換算成立方公尺的話呢？」

隼人頓時受不了似地把頭往後仰，隨即重新振作起來，看向計算紙。

在寫著立方體公式的紙張一隅，寫下「1 km = 1000 m」。

「1 km^3 = 1,000,000,000 m^3

哇！不行，數字太大我搞不清楚了。」

隼人抱頭哀號。

「別擔心。用剛才柚子說的方法試試，五十二後面有幾個零？」

「我看看……，五十二的後面有十八個零……吧。」

「那麼，也可以寫成這樣。」

柚子胸前的螢幕顯示出「52×10^{18} m^3」。

隼人依樣畫葫蘆寫在紙上。

「算出地球上的空氣體積以後，用這個體積除以剛才一杯水的水分子數量，就能求得每立方公尺空氣中的水分子數量。你還記得水的個數嗎？」

「6×10^{24}個。」

「沒錯，那你算算看。」

隼人點頭。

智慧型手機的計算機程式，無法打出那麼多位數，因此隼人將紙上的數字約分，自己算出答案，得到的數字遠比想像中大，肯定是哪裡算錯了。隼人再算一遍。

「如何？」

「嗯……，我算了好幾次，得到的答案都是十二萬。」

「我想大概沒錯喔。」

「哇！這麼多？」

「還沒結束，這個房間的體積是？」

簡單目測一下，長寬各五公尺，高度大概兩公尺左右。

「大概……，五十立方公尺。」

「假設這杯水，均勻分散在地球上的空氣裡，這個房間裡會有幾個水分子呢？」

「十二萬的五十倍，所以是……六百萬！」

「有非常多水分子呢。再把這個數字乘以一百倍，除以三。」

隼人依言按下計算機。

「兩億……，可是為什麼要先乘以一百倍再除以三？」

「因為要以六公斤的水來思考。杯子裡的水是一百八十公克，乘以一百倍是十八公斤，再除以三就是六公斤。」

「問題是，為什麼要以六公斤的水來思考？」

「我猜德爾・皮耶羅的體重大概是六公斤……。」

說到這裡，隼人終於恍然大悟柚子想說什麼了。

「剛才是用水分子來計算。一個水分子，是由一個氧原子和兩個氫原子構成，單以原子的數量來計算，會膨脹成三倍，也就是六億。很遺憾，德爾・皮耶羅已經死了，可是構成德爾・皮耶羅的原子將以氫原子、氧原子、碳原子為中心，開始散布在全世界。包含人類在內，大部分的動物皆由水構成，所以用幾乎同重量的水來思考，比較容易了解數量有多少。如此一來，無論那個女生身處世界上的任何一個角落都有那些原子存在，好比這個房間裡就有六億個構成德爾・皮耶羅的元素。更何況，若是以對流圈而不是卡門線來計算，圍繞在生活周遭的元素就更多了。

不過，這些原子實際上還會變成雨或海水。不只動植物，也用於人類製造出來的東西。因此空氣中到底存在著多少原子的數量，沒人知道正確的數字。但我們的生活周遭，確實充滿了各式各樣的原子，那些原子也被運用在各式各樣的物質上。從這個角度來思考，你不覺得走到哪裡，都被德爾・皮耶羅圍繞嗎？德爾・皮耶羅永遠都**在你身邊**喔。」

「此時此刻也被構成德爾・皮耶羅的六億個原子包圍……。」

隼人聽得目瞪口呆，沒想到生活中有那麼多原子。由此說來，不管待在世界上的哪一個角落，等於都被德爾・皮耶羅圍繞著……，知道這個事實以後，或許能減輕一點圓花的悲傷。

「就算是學校教的單純科學知識，也能經由不同的解釋方法，拯救人們免於痛苦哀傷喔。」

「柚子，謝謝你！」

隼人丟下這句話，抓住剛才寫滿算式的紙，衝回自己房間，打算寫信告訴圓花這件事。他頭也不回地離開客廳，沒有注意到柚子胸前ｉＰａｄ所浮現的文字：「準備關機的省電模式」。

MAYUMI　　20XX/08/05　21:48
收件者：k_tsukiyama@XXXXXX
主旨：柚子有感情嗎？

老公

隼人這幾天拼命研究機器人的原因，
果然跟我想的一樣。
因為柚子告訴他，
自己一旦電池耗盡就不能動，
就算充電也無法重新啟動，
所以他想為柚子做點什麼。

正因為生命有其盡頭，
才能從中學到什麼。

我也知道隼人之所以變得堅強又溫柔，
是因為感受到生命的「盡頭」。

雖說這是無可奈何的事，
但柚子已經完全成為我們家的一分子了，
所以我的感受很複雜。

再加上，我最近愈來愈覺得，
柚子好像跟人類一樣有感情。
聊天的時候，
還會對我說的話發出笑聲，
而且笑聲從噗哧噗哧的微笑，
到哇哈哈的大笑都有。

萬一柚子真的有感情，他是怎麼看待達成目的時，自己的生命就要劃下句點的事實呢……。

這點著實令我有些放心不下。

真由美

不在意的堅強

社團活動結束後，隼人立刻衝向圖書館。

進入八月後，每天都熱得要命。回過神來，暑假已經過了兩週。幸一郎不在家，自己又還不是考生。隼人原本的暑假計畫是盡情踢足球，如果還有時間就跟朋友玩到爽，沒想到，只有盡情踢足球按原訂計畫進行，其餘時間都過著跟自己想像中不同的生活。

怎麼會變成這樣呢，仔細回想起來，只能說有太多不可思議的事湊在一起，才造就現在的自己。

連剛看到只覺得無比嫌棄的柚子，不知不覺也變成隼人無可取代的家人、朋友，甚至是這兩種關係都不足以形容的重要存在。

遇見柚子以後，對於「學習」、「夢想」、「非做不可」的看法，全都產生一百八十度的轉變。

不管是學習，還是家裡的事，或者是多做超過底限的事，對他來說原本都是吃虧的事，如今卻建立了相反的價值觀。心中會想著既然要做，如果不能在質與量，都超過該做的底限就太可惜了。

對於留下柚子的幸一郎，心中也不再有「幹嘛留下這種無聊東西」的埋怨，反而很感謝他，讓柚子出現在自己的生命裡。當然，隼人還沒有坦率到會向幸一郎表達感激。

遇見柚子以前，只要能博朋友一笑，不管是嘲笑、輕視還是恐嚇別人，他什麼都願意做；但他從未想過被嘲笑、輕視、恐嚇的對象做何感想，也不會因此感到良心不安。

肆無忌憚地與朋友搞笑找樂子，每天都過得很開心，但也僅僅如此而已。他現在已經不覺得那種人帥氣了，反而覺得他們很遜。他相當清楚自己心裡對「帥氣」的定義，有了明顯的化學變化。

這部分也受到圓花很大的影響。

仔細想想，或許遇見自己喜歡的人，會讓人產生最大的改變也說不定。

面對隼人總是擺出「誰要用功啊」不屑一顧的態度，圓花斬釘截鐵地說：

「逃避非做不可的事，這種人才遜呢。」

再仔細想想，並不是所有女生都跟圓花有相同想法，或許有人會說：

「我也不喜歡念書，用功念書的人最無聊了。感覺不懂人生的樂趣吧，總之跟他們在一起很無聊。」

如果圓花是那種女生，自己現在也許還是個不認真學習，對於該做的事能躲就躲，內心軟弱的傢伙。

事到如今，他總算能理解圓花所說的心情。

「我覺得會逃避非做不可之事的人，很『可怕』。」

不管年紀多大，都必須面對非做不可的事。

的確是這樣沒錯。即使長大成人，每天也充滿非做不可的事。

不僅如此，柚子還說擁有夢想或目標的瞬間，等於自己決定了非做不可的事。

如果是遠大的夢想，就代表自己想出了許許多多非做不可的事。

隼人認為一切正如柚子所說。

既然如此，逃避非做不可的事，等同逃避自己決定的夢想或目標。

「要是跟那種人在一起……，你會怎樣？」

前幾天，柚子問了他這個問題。

隼人覺得這個問題真是想太多了，但是仔細想想也沒錯，假設老公動不動就逃避非做不可的事，比起當事人，不難想像和他一起生活的老婆小孩，或許更可憐。

這種事不用透過言語，也能直接感受到，所以圓花的第六感才會基於本能告訴她「這種人很危險」，她才會以「可怕」二字來形容。

隼人心目中對「帥氣」的標準，幾乎已經以圓花的價值觀為主了。男生似乎會配合自己喜歡的女生，努力成為她們喜歡的樣子。

眼下隼人就為了見到圓花，在大太陽底下滿頭大汗地騎著腳踏車。

一踏進市立圖書館，冷氣迎面而來，汗水瞬間冷卻，感覺自己又活過來了。

隼人筆直走向二樓的自習室。

「但願她來了……。」

從昨天的狀況來看，圓花顯然還無法走出失去德爾・皮耶羅的悲痛，或許一陣子都不會來圖書館。不過，隼人遠遠地就看見圓花正坐著看書。

圓花看得很專心，絲毫未察覺隼人朝她走近，直到隼人站在她旁邊，她才抬起頭來。

「築山同學……。」

「嗨。」

隼人有些害臊地微微舉手。

「你來看書？」

「不是……，我來是有東西要給妳。」

隼人邊說邊坐在圓花對面的椅子上，遞出信封。

「這是什麼？」

圓花接過，目不轉睛地裡裡外外看了好幾遍，信封上什麼也沒寫。

「信？」

「該說是信嗎……，比較像是報告書。」

「報告書？」

圓花皺起眉頭，凝視隼人。

「因為妳昨天很消沉，所以我把心裡想到的事寫下來……，希望能讓妳稍微打起精神。」

隼人一邊解釋，同時也後悔現在所做的事。

寫信這種事太不符合自己的作風，而且眼前的圓花，好像也振作起來了，像平常一樣用功，或許已經不需要操心了……。一思及此，隼人好想轉身逃走。

「呃，不要的話就還給我。」

隼人突然覺得好難為情，伸手就要搶回信，但圓花動作更快，閃開隼人的手。

「這是寫給我的吧，那我要看。」

「別看了，還是還給我吧。」

圓花微笑搖頭。

「想都別想。你已經給我了，就是我的東西。給別人的東西還想要回去，太沒有男子氣概了。」

「咕！」

圓花都搬出男子氣概這四個字了，隼人只好打消拿回信的念頭。

「好啦，給妳看，但或許什麼忙都幫不上喔。」

圓花又搖搖頭。

「那也無妨。我很高興你特地寫信給我。」

隼人聽她這樣說也很開心，但又不知該怎麼回應。為了掩飾自己的尷尬，丟下一句「那我先走了」，就急忙轉身要走。

「嗯……，謝謝。」

圓花坐著向他道謝。

隼人立刻背過身，離開圖書館。

圓花看著隼人的背影消失在樓梯口，待隼人離開視線範圍後，立刻打開信封，開始看內容。

「首先，計算一杯水有幾個水分子……。」

第一句話就出乎圓花的意料之外，不由得一頭霧水。大致瀏覽，紙上寫了琳琅滿目的算式。

「這是什麼東東？」

圓花不自覺低喃，臉上浮現喜悅的笑容。

◎

「我回來了。」

隼人滿心歡喜地回到家。

「隼人，發生什麼好事了？瞧你比平常還要開心。」

連柚子都這麼說，隼人不由自主地笑瞇雙眼。

「嗯？有嗎？跟平常一樣啊……，這不是重點，我得去看書了。早就決定今天一回來就馬上看書。」

柚子默不作聲，目光追隨著隼人的身影。

隼人主動拿起作業簿，面向書桌，開始用功。

最近都這樣，先專心做一個小時的題目再休息。

然後再做一小時。

這段時間居然變成「快樂的時光」，連隼人自己也覺得不可思議。

自己說不定真的變得很奇怪。

學習很快樂。

輕鬆超過預定的兩小時，在超過三個小時的時候停筆。

「今天就到此為止吧……。」

隼人說道，面向柚子。

「柚子我問你喔，我覺得很不可思議，自從我決定照你說的，做超過底限的事，學習就變得很開心耶，我是不是很奇怪？」

柚子搖頭。

「才不奇怪。學習本來就是開心的事。更何況，就算令自己『開心』的事物，與其他人會感到開心的事物不同，也不用放在心上。你要對自己喜歡的東西，更有自信一點。」

「話雖然這麼說，但是如果說我喜歡學習，一定會被大家當成怪人。」

「別把這種事放在心上。就算自己喜歡的事物遭到否定，也不用耿耿於懷。因為一旦開始在意，就會配合別人的好惡，選擇自己明明不喜歡的人生。」

「……。」

儘管如此，隼人還是很在乎別人的想法。

「你想像一下，假如有個男生喜歡某個女生。有一天，男生鼓起勇氣向女生示愛，兩人開始交往。可是周圍的朋友全都異口同聲地說：『你喜歡那女生哪裡？』『那女生一點也不可愛』，於是男生也覺得『這樣啊，大家都覺得她不可愛啊』，然後和那個女生分手，你會怎麼想？」

「怎麼想？當然是覺得那種男生最差勁了。」

「可是真的有這種人喔。」

「真的嗎？」

「真的。大部分的人，都是自己先說喜歡這個，卻又很在意別人怎麼想的人。只要把剛才舉例的『女生』，換成自己喜歡的東西就明白了。以隼人剛才的問題為例，換成『學習』來思考……。」

「……。」

隼人縮著肩膀，感覺柚子好像在說「你這種男生最差勁了！」

「每個人喜歡的東西都不一樣，這是非常自然的事。重點在於，隼人如果喜歡學習，就要老實說自己喜歡學習，無論別人說什麼，都不用放在心上。

為了得到幸福，隼人一定要記得一件事。

別人想說什麼，就隨他們去說。

這麼做，別人會怎麼說？這麼說，別人會怎麼想……？

很多人一味在乎別人的眼光，不敢做自己想做的事，也不敢說自己想說的話，人生就走到盡頭。這真是太可惜了，因為人生只有一次。隼人應該更誠實地面對自己的價值觀，不要浪費生命在迎合別人的價值觀上。」

隼人受到五雷轟頂般的衝擊，全身的雞皮疙瘩都站起來了。

同時，腦海中閃過久遠的記憶。

「對了！就是這句話……。」

幸一郎感慨良深看著自己的「研究所」時，他說：

「擁有一個研究所，是我從小到大的夢想。」

之後，幸一郎蹲下來，抓住隼人的雙肩，說的就是這一句話。

「聽好了，隼人。千萬不要讓別人的價值觀影響自己的好惡。別人想說什麼就隨他們去說，要是放在心上就輸了。每個人的喜好都不一樣，管好自己就行了。不要滿腦子擔心別人會怎麼想，別讓自己的人生變成連想做的事都不敢做。」

幸一郎實現夢想的瞬間，曾經喜上眉梢地對隼人說過這段話。雖然明知道當時小學三年級的隼人，就算聽了也聽不懂。

聽完柚子的話，隼人清楚地想起這件事。

幸一郎截至目前的人生，肯定無數次被周圍的人當成傻瓜、視為怪人，可是他從來不曾扭曲自己的信念。或許他也想讓自己的兒子，也就是隼人，明白這一點。

「以前……，爸爸也說過同樣的話。」

隼人凝視柚子說。

「隼人的爸爸，偶爾也會說出名言呢。」

柚子半開玩笑地說，隼人不由得噗哧一笑。

「柚子，你也會開玩笑啦？」

「我看電視學的……。」

隼人朗聲大笑。

「柚子變了，和剛認識你的時候判若兩人。」

這句話顯然讓柚子樂壞了，他微微震動雙腳，做出手舞足蹈的動作，貌似真的打算跳起舞來。然後動作戛然而止，看著隼人的臉說：

「隼人也變了，和剛認識你的時候判若兩人。」

他說的沒錯。隼人自己也這麼覺得。

「這都是柚子的功勞，謝謝你。」

隼人打從心底坦誠地說，伸出右手。

柚子盯著他的手，把右手的網球疊在隼人右手上，與他握手。

柚子上下晃動右手兩、三次，收回手，恢復原本直立的站姿。

隼人緊盯著柚子不放。

因為柚子的表情沒有變化，無法讀取他的情緒，但他的沉默在隼人心中覆上一層陰影，有股不祥的預感。

下個瞬間，從柚子口中冒出一句：

「柚子，快要跟隼人**說再見**了。」

光是聽到這句話，隼人就差點哭出來，但他拼命忍住，直到能平靜說話的狀態。

「等一下啦，你不是為了告訴我，愛是什麼才誕生的嗎？這才是你的目的吧。我還不曉得愛是什麼喔。」

隼人其實是想說「我還想繼續跟你在一起」，但又說不出口。

柚子不理會隼人的反應，只是直勾勾地看著隼人。

「既然如此，我永遠都不要學習愛。這麼一來，柚子就無法達成目的，可以永遠都不要消失了。」

柚子依舊不發一語地凝視隼人。

隼人知道柚子的雙眼正微微震動旋轉著，聚焦在自己身上。

柚子的沉默彷彿是在告訴隼人「不可以任性」，隼人忍不住避開他的視線。

以隼人只能勉強看懂《機器人工學入門》的水準，實在無法延續柚子的生命，也沒有能力扭轉「再見」的命運。

柚子的反應證明這個事實。

隼人無力地問他：

「還有幾天？」

「兩天……。」

「怎麼這樣……，也太短了……。」

剩下的時間未免太少了，隼人啞口無言。

製造回憶

隼人比平常更早醒來。

看了看時鐘，才五點四十五分，他小聲對坐在床邊的柚子道了聲「早安」，柚子也跟平常一樣，只轉動脖子望著隼人。

「早，隼人。今天起得好早啊。」

不用說也知道，柚子不需要睡覺。

隼人一開始很排斥柚子的動作詭異，無時無刻不醒著，如今不知是已經習慣，還是因為只能再一起生活兩天，居然覺得柚子很惹人憐愛。

該對再過不久就要分離的朋友，說些什麼、做些什麼才好呢……。

隼人絞盡腦汁，也想不出好主意。

「柚子，既然沒事做，不如一起看電視吧……。」

隼人說道，柚子似乎打從心底感到高興，比平常更快站起來，聲調略顯高亢地問他：「要看什麼？」

隼人不確定機器人有沒有感情，但是就連表情始終如一的柚子，也能透過態度及音質表現情緒，而且柚子還會笑。從這個角度來看，他總覺得機器人也有感情。

若是這樣的話，如同隼人認為柚子是很重要的存在，柚子或許也覺得跟自己一起度過的時間，是很快樂的時光。

「這時間沒什麼好看的節目，來看足球ＤＶＤ吧。」

柚子點了兩下頭。

「柚子還沒看過隼人喜歡的足球。」

隼人苦笑。柚子的臉明明是用足球做的，本身卻沒看過足球。

兩人移動到客廳，隼人決定看六年級時，央求真由美買給他，網羅世界級足球巨星進球英姿的「超級射門集」。

原本裝在電視機上的ＤＶＤ播放器，現在用來做成柚子的腰部，於是兩人打開放在客廳的電腦，開始看影片。

隼人每次看到喜歡的技巧，都會一臉興奮地告訴柚子，那個技巧的厲害之處。

柚子能上網查遍包羅萬象的資料，可能早就知道隼人告訴他的那些事。隼人也知道這一點，但他完全不在乎。

柚子偶爾還會動動腳，像是在模仿選手的動作，但他的動作都很奇怪，實在不像是會踢足球的動作，逗得隼人哈哈大笑。

一早就聽到隼人的笑聲和柚子大動作的機械音，真由美也沒辦法好好睡覺。

「一大清早在吵什麼……。」

真由美揉著惺忪的睡眼走進客廳，她雖這麼說，表情卻帶著笑意。

「媽媽，妳快看，柚子看足球看得好激動！」

「真的耶，柚子看起來好開心的樣子。」

聽到真由美的聲音，柚子轉過頭來。

「這是隼人第一次告訴柚子他喜歡的事，柚子很高興。」

聽到這句話，真由美露出欣慰的微笑。

隼人也不禁滿臉笑意，但是隨著時間過去，悲傷也一點一滴地滋長。

「很高興啊……，那就好……。」

柚子果然有感情。

◎

隼人跟平常一樣，六點半出門去學校，和光永老師一起為學校的花壇澆水後，開始晨間練習。

他以為自己表現得跟平常沒兩樣，但光永老師和一起練習的藤倉學長，都擔心地問他：

「發生什麼事了？」

看樣子他並沒有偽裝得很成功。

即使在社團活動中，他還是在想柚子的事。

柚子說隼人告訴他自己喜歡的事，他很高興。

隼人告訴自己「柚子不可能有感情……。」

不管柚子看起來高興、快樂或傷心，都是自己一廂情願的解讀，或者說他想這麼說服自己。

然而，柚子真的有感情。

不，或許那不叫感情，只是單純地輸出……。也許是程式事先設定好，像這種情況要表現出「很高興」的反應，說不定柚子只是學會如何表現出取悅對方的合理反應。即便如此，「很高興」這三個字，依舊狠狠重擊隼人的心房。

萬一柚子真的有感情，隼人可能做了很多對不起他的事——這個念頭，在他腦海中盤旋不去。

第一次見到柚子的時候，隼人當面說他「感覺很噁心」、「破銅爛鐵機器人」。萬一柚子有感情，大概會覺得很受傷。

不僅如此，他還要真由美「隨便找個地方丟掉」。

要是有人當面對自己說這種話，自己會做何感想呢？光是想到這點，就覺得自己對柚子做了非常過分的事。

不僅如此，擔心被人看到很丟臉，怕自己被當成怪人看待，還命令柚子不准踏出家門半步。

柚子的人生也如同一般人，只有一次，不能重來，不能轉世投胎，也不能永遠活下去。而且比一般人還短。

要是自己能對柚子溫柔一點，或許柚子就能過上另一種不同的人生了，或許每天都能充滿「很高興」的事。

只有自己能改變柚子的人生，可是自己卻沒有做到。

想到這點，隼人就覺得心如刀割。

光是和隼人一起看足球ＤＶＤ，柚子就說他「很高興」。為了這點小事就說「很高興」的柚子，自己到底對他都做了些什麼呢……。這個想法讓隼人坐立難安。

隼人情緒低落地結束社團活動的練習，毫不戀棧地回家。

踩著腳踏車，腦中浮現柚子昨天的比喻。

「那種男生最差勁了……。」自己是這麼說的。

昨天的自己，在責備著今天的自己。

推開房門，柚子一如既往伸直雙腳，靜靜坐著。

「你回來啦，隼人。」

隼人悲傷地微微一笑。

柚子大概看懂了他的表情，沒再多說什麼，只是注視著隼人。

隼人也在門口怔忡地呆站了好一會兒，終於開口：

「柚子……，要不要一起去公園踢足球？」

「柚子可以出去嗎？」

隼人的嘴唇抿成一條線，點頭如搗蒜。不停地在心裡重複懺悔：

「柚子，過去真對不起。」

柚子震動著踢著雙腳，頗為興奮地滔滔不絕：

「柚子好高興，早就想跟隼人踢足球了。」

隼人只能頻頻點頭。

鼻腔裡湧起一股酸澀的感覺，眼眶裡積滿淚水，在心裡向柚子抱怨。

「柚子，你還說除了目的以外沒有想做的事，你明明就有想做的事嘛。」

◎

圓花騎著腳踏車，前往今村公園。

昨天隼人給她的信上寫滿公式，起初看得一頭霧水，但是看到最後寫著：

「所以，無論三澤去到世界上任何一個角落，德爾・皮耶羅都和妳在一起不是嗎？德爾・皮耶羅永遠都會陪在三澤身邊。」

然後她再從頭到尾看一次那些算式，逐一理解過來。

圓花藉由思考原子的數量，領悟到生命的重量，並從中感受到「溫柔」，眼淚幾乎要掉下來。

雖然是很破天荒的想法，但是想到隼人特地寫下來給她，不禁覺得就算肉眼看不見，德爾・皮耶羅也會永遠存在於自己的生命裡。

圓花從悲傷中被拯救出來了。

昨天寫了回信要給隼人。

她早上起床，重看一遍昨晚寫的信，感覺自己的心意太明顯了，有點不好意思。但既然都寫好了，還是決定直接拿給隼人。

「你今天會來圖書館嗎？我有東西要給你。」

用ＬＩＮＥ傳訊息給隼人，馬上收到一行回覆：

「抱歉，我今天去不了。」

但隨後又接著傳來一條訊息。

「我下午會去今村公園，妳有空可以過來。」

今村公園種滿櫻花，春天會有很多人來賞花。

如今已是盛夏，在深綠色的葉片包圍下，形成許多涼爽的樹蔭。

說是公園，其實只是寬闊的廣場。因為天氣實在太熱，沒什麼人來玩。圓花將腳踏車騎進公園，立刻發現隼人的身影。

看到隼人的瞬間，圓花心想：

「和築山同學一起踢足球的人，為什麼穿著機器人的玩偶裝？」

從遠處看了好一會兒，發現和隼人一起踢足球的機器人，不是穿著玩偶裝，而是貨真價實的機器人。事實衝擊太大，令圓花說不出話來。

「柚子，你要仔細地看著球再踢啦。」

隼人笑著給機器人建議。

「他在對機器人說話？」

那個機器人充滿手工感，看起來是利用身邊現有物品組裝起來的，給人非常強烈的視覺印象。但是機器人會動、想要踢球的舉動，帶給圓花更大的震撼。不過這些衝擊，都比不上隼人正和機器人說話，彷彿在教好朋友或弟弟踢足球的模樣。

圓花在公園入口停下腳踏車，一步一步，慢條斯理地走向隼人和機器人。

「很棒喔，柚子，傳得好。」

隼人邊說邊把球踢向機器人。

球滾向機器人腳邊，但沒有停下來，直接穿過機器人的腳下滾走。

「哈哈哈。」

隼人笑著跑開，自己跑去撿滾到機器人身後的球。

「好可惜噢，柚子。不是用腳底踩住球，而是當腳碰到球的瞬間就要收力……，你辦得到嗎？」

隼人邊跑邊給出建議。

只見機器人回答：「我試試看。」

「呀！」圓花忍不住發出近似慘叫的聲音。

「說話了……，不對，根本是在對話。好神奇！」

隼人聽到聲音，才發現圓花已經來到身旁。

「嗨，三澤！」

「嗨，是我。這不是重點，這個機器人是怎麼回事？」

圓花隨便打聲招呼，忙不迭地追問隼人，視線始終釘在柚子身上。

「這傢伙？他叫柚子，是我的拍檔。」

「拍檔？」

「沒錯。柚子，這傢伙是三澤圓花。」

「居然喊我這傢伙……。」

圓花正想挑隼人語病的瞬間。

「妳好，圓花。我叫柚子，是隼人的拍檔。」

柚子說道，伸出手來。

圓花戒慎恐懼地握住柚子的手。以灰色排水管製成的手臂，前端是一顆網球，握住網球可以感受到裡面有類似骨頭的構造。

「柚子，好厲害啊……，你會說話嗎？」

圓花小心翼翼地問道。

「會。」

柚子回答，興高采烈地震動著腳。

「好可愛。」

圓花想也不想便脫口而出。

「可是，看起來好熱的樣子……。」

圓花看著柚子頭上宛如安全帽的銅鍋說。的確，在大太陽下踢足球，銅鍋好像熱到可以煎蛋了。

「稍微休息一下吧。」

隼人指著樹蔭說。

圓花打溼帶來的小方巾，為坐在樹蔭下的柚子擦頭。還以為水分會因溫度過高、發出聲音蒸發，沒想到柚子的頭並不熱，看樣子裝有調節溼度的功能，性能似乎比外表看起來好。

「謝謝妳，圓花。圓花好體貼。」

柚子動動脖子，朝她點頭致意。

圓花不由得莞爾一笑。

「外表雖然很驚人，但動作好可愛啊。」

隼人點點頭。

「這個機器人是打哪兒來的？」

「有一天回到家，他就在房間裡了。」

「什麼？怎麼可能有這種事……。」

隼人苦笑。

「我沒有騙妳，其實是我爸做的。上次三澤帶德爾・皮耶羅去散步的時候，不是遇到我嗎？我爸的『研究所』就在那個工廠裡。這個時代居然還有研究所，我爸是個『怪人』吧。」

圓花聽得瞠目結舌，同時想起隼人當時拿在手裡的書，她記得那本書的書名是《機器人工學入門》。這下子總算明白，隼人為什麼會拿著那本書了。

「才不是什麼怪人呢，這不是很棒嗎？」

「既然要做，真希望外表可以做得好看一點……。」

隼人看著柚子說。

「雖然現在我已經覺得，如果不是長這模樣，就不是柚子了。」

不知柚子是否沒聽見他說的話，只是凝視前方，靜靜坐著。

「這種手工的感覺才更加可愛。」

圓花也看著柚子。

隼人對圓花口中的「愛」字產生反應，瞇起看著柚子的雙眼。

圓花重新把臉轉向隼人，不自覺吞回接下來想問他的問題。

柚子是什麼時候出現的、為什麼會動、可以做什麼……，想問的事多如繁星，可是看到隼人注視柚子的表情，隱約覺得不管哪個問題，都不該問出口。

圓花從隼人的表情中，感受到「哀傷」。

感覺氣氛變得詭異，圓花又看了柚子一眼。

怪模怪樣的機器人，雙腳往前伸直坐著，雖然沒有表情，但很惹人憐愛。

路過的行人和從遠處察覺到柚子存在的人，皆以看到怪物的眼神看著柚子。心想「那是什麼？」卻找不到答案，即使已經從旁邊走過，依舊會回頭再看一眼。

「這是我最近的感覺啦……，築山同學變了。」

隼人的視線焦點始終落在遠方，唯有嘴角微微一笑。

「是因為柚子的關係？」

「或許是吧。還有典明和藤倉學長、淺井老師，還有小口，還有……那個……三澤也有功勞。」

隼人不好意思地盯著地面，拔起眼前的草。

「這樣啊……。」

圓花沒想到會出現自己的名字，不知如何反應。視線跟隼人一樣盯著地面，也拔起眼前的草。

「對了，我有東西要給你……。」

圓花連忙卸下背上的束口袋，解開繩結，拿出一封信。

「這是昨天的回信。」

「哦……喔。謝謝。」

隼人臉紅心跳地接過。

「那封信……我很高興，從各種角度來說。」

「從各種角度來說？」

圓花點點頭。

「從築山同學說明的角度來想，的確不管去到哪裡，都會覺得自己和德爾・皮耶羅在一起。是不是真的均勻散布在地球上，根本無所謂，只要我這麼認為就好了。但是直到築山同學說明以前，我從未這麼思考過……。所以，你真的拯救了我。」

隼人無精打采地搖搖頭。

「那不是我想出來的，是柚子告訴我的。」

這次換圓花用力搖頭。

「或許是柚子告訴你的沒錯，但寫信告訴我的，是築山同學。我高興的是這點。還有一件事……，你讓我明白了，透過不同的用法，知識可以讓心情變輕鬆。」

「知識……，透過不同的用法？」

隼人覺得圓花這句話好深奧，難以理解。柚子好像也說過同樣的話。不過，他確實讓圓花破涕為笑了。

「算了，能讓妳重拾歡笑就好。」

隼人雖然這麼說，但表情看起來還是悶悶不樂。

「怎麼了？你看起來很不開心。」

圓花不著痕跡地瞄著隼人的臉。

隼人嘆了一口氣，望向遠方。

「我寫那個，只是希望妳的心情能稍微好一點，我其實完全不了解妳的心情。自己養的狗死掉當然會很傷心，但我原本以為，那種傷心只要哭幾天、心情低落一陣子就會好了。妳也說過德爾・皮耶羅是老狗了，既然如此，應該早有心理準備，會有這麼一天不是嗎？然而當那一天真的來臨，妳卻哭得那麼傷心，我甚至覺得妳有點『軟弱』。

我們家住在大樓裡，所以我沒養過狗，也無法體會痛失愛犬是多麼傷心的事。說穿了，我寫那些與其說是為了三澤，不如說是想為自己加分。」

圓花有些錯愕地睜大雙眼。

她完全沒有因為隼人其實不了解自己的心情，而受到打擊，反而覺得老實承認「想為自己加分」的隼人，看起來非常成熟。

「可是，現在我總算明白，失去自己重要的拍檔是什麼心情了。該怎麼說才好，好哀傷啊。而且光用哀傷這個字眼還不足以形容對吧？原來大家都這麼哀傷啊。」

圓花心裡一驚，意會到隼人指的是什麼，盯著柚子看。

「柚子？」

隼人點點頭。

「明天就要分開了。他的電池一旦耗盡，就無法再充電，也無法再恢復原狀。

我為什麼沒有再對他好一點呢……？為什麼沒有多陪他玩呢……？」

隼人毫無預兆地落淚。

圓花說不出話來，只能怔怔地看著隼人。

隼人用手抹去臉上的淚痕。

「我批評柚子的外表很噁心，不想讓人看見，所以命令他不准出去。擔心被別人知道的話，做出這種怪異機器人的父親會被當成怪人，自己也會被視作怪人的小孩……。滿腦子只想著自己的事，不知道柚子也有感情……。」

隼人再也說不下去了。

看見低頭流淚的隼人，圓花眼中也盈滿淚水。

「我也一樣，築山同學。我和德爾・皮耶羅從出生就一直在一起，也曾經無數次把牠的存在視為理所當然，懶得帶牠去散步，不想餵牠吃飯，或清理牠的大小便。現在回想起來，明明我們有很多可以一起玩的時間，為什麼我不陪牠玩呢……？我心裡充滿悔恨。所以……，我也跟築山同學一樣。」

圓花說到這裡，淚水順著臉頰滑落。

兩人默默無語，並肩哭了好一會兒。

本以為微風吹得櫻花葉沙沙作響，沒想到那聲音是柚子來到兩人面前。

「隼人、圓花，柚子休息夠了，再來踢足球吧。」

柚子說道，把足球踢到隼人腳邊。

隼人用手接過足球，盯著球看了好一會兒，抹去眼淚，勉強自己擠出笑臉，對柚子說：「好，來玩吧！」

柚子發出「嘰——」的聲音點頭，微幅動動雙腳，看起來很開心。

「三澤也要一起玩嗎？」

隼人站起來，朝圓花伸出手。

圓花露出笑容，用力點了點頭，握住隼人的手。

隼人使勁拉起圓花，兩人順勢跑了起來。柚子拼命擺動雙腳，想追上他們。

「柚子，快點過來呀。」

隼人邊跑邊回頭，看柚子動作笨拙、跑得歪七扭八的身影。

想將他的模樣，烙印在自己的眼睛裡。

是柚子先注意到由遠而近的腳踏車喇叭聲，以及眾人的笑聲。

他發出旋轉的聲音，身體與臉轉向同一個方向時，隼人和圓花也聽見那些噪音了。直覺告訴他們，來人肯定是將士那群人。

巧遇這麼多次以後，與其說感到絕望或厭惡，反而是驚訝的比例比較高了。

將士帶頭把腳踏車騎進公園，立刻發現隼人和圓花的身影，恐嚇似地按了兩下喇叭。

「這不是隼人嗎？」

「又在和三澤約會啦？」

跟在後面的四個人，接著一人說一句起鬨靠近。與平常不同的是，當他們看到旁邊四四方方的物體，每個人都看呆了，一時說不出話。

「這是什麼？」

將士大聲地說。

「你認為是什麼？」

柚子突然轉動腰部，面朝將士反問。

「哇！說話了。」

將士嚇了一大跳，差點連人帶車倒在地上。

「你是誰？」

柚子緊接著又問將士。

「我……呃……，我叫野口將士。」

將士沒料到他會這麼問，老實報上姓名。

柚子伸出右手。

「將士你好，我是柚子，請多指教。」

將士觀察四周的反應，擠出僵硬的笑臉，握住柚子的手。

原想用力扯壞柚子的手，但他突然發現一件事，目不轉睛地盯著柚子伸向自己的右手。

「這傢伙是怎麼回事……，感覺好噁心啊！」

「居然和破銅爛鐵機器人一起玩，你的怪人指數真不是蓋的。」

「這是機器人？看起來也太醜了吧。」

旁邊的人發出不屑的嗤笑聲，將士只是默不作聲地盯著柚子看。

「這是隼人的機器人？」

「咦？……他是我的拍檔。」

隼人不喜歡將士把柚子說得像是自己的所有物，如是回答。

「隼人是柚子很重要的朋友，將士也是隼人的朋友嗎？」

柚子側著頭問將士。

「咦？啊……嗯……。」

將士敷衍地回答。

「這樣啊。那將士也是柚子重要的朋友，要不要一起踢足球？」

「什麼？」

「柚子明天就要**消失**了。大家一起踢足球。」

將士看著隼人。

「就是這麼回事，不嫌棄的話，要不要一起玩？」

柚子在隼人說完這句話的瞬間，踢出足球。

球滾到將士的腳邊停住。

「我為什麼非得跟這個陰陽怪氣的機器人踢足球啊？」

將士嘴裡這麼說，但他踢回來的足球，溫柔地滾到柚子腳下停住。

柚子這次把球踢向隼人。

一開始的感覺雖然很尷尬，但是不一會兒，隼人和圓花、再加上將士和將士帶來的四個人，連同柚子共八人開始踢足球。

四對四的小比賽，隼人、圓花、將士、柚子一隊，由柚子負責射門，將士的四個朋友，則稱職地扮演防守的敵方。

那畫面簡直像是一群爸爸，正在教小小孩開始學踢足球一樣有趣。

柚子只有在球速非常慢，而且正好滾到自己腳邊的時候，才能做出反應，所以大家都努力製造出這樣的狀況，讓柚子射門，然後大家一起擊掌，樂不可支。

柚子不可思議的能力，讓隼人大吃一驚。

只要有柚子在，所有人都能變成好朋友。

就連過去拼命找自己麻煩的將士，如今也能玩在一起。

結果足球一直踢到太陽下山，結束時，所有人都汗流浹背、氣喘如牛，柚子也變得灰頭土臉。

當柚子沒有踢中滾到腳邊的球，任球滾向後方時，大家才發現，天色已經暗到看不見球，所有人都必須回家了。

隼人對跨上腳踏車的將士說：

「小口，謝謝你看到柚子的時候，沒有說出太難聽的話。」

隼人向將士道謝。

「那傢伙雖然看起來那副德性，性能其實很強大，也有感情，所以要是聽到太過分的評語……。」

「他的手腳啊……。」

將士打斷隼人的話。

「是用排水管做的吧。我爸是水電工，我們家到處都是那種水管。沒想到能用來做成機器人的手腳……，害我有點高興……。」

「這樣啊……」

隼人展露笑容。

「小口，來參加社團活動嘛。」

將士苦笑。

「事到如今，已經回不去了。」

柚子舉起右手，伸向將士的方向。這是剛才踢足球時，將士教他的碰拳動作。

「將士有踢足球的天分，傳球方式也很替別人著想，不繼續踢就太可惜了。」

將士有些疑惑地出拳，與柚子的拳頭輕輕一碰。

「……。」

將士沒再說什麼，騎著腳踏車走了，但隼人認為他一定會回到社團。

圓花站在稍微有一段距離的地方，注視著他們。

MAYUMI 20XX/08/07 23:09
收件者：k_tsukiyama@XXXXXX
主旨：看起來就像親兄弟一樣。

老公

今天回到家，看到滿地泥濘，
嚇了我一大跳。
一問之下，原來是隼人帶柚子，
去今村公園一起踢足球。

帶柚子出去雖然讓我嚇出一身冷汗，
所幸沒發生什麼問題，
我也就放心了。

隼人非常興奮地講給我聽，
聽起來上學期結束時，
和他處得不愉快的人，
也一起踢了足球，
托柚子的福，他好像和那群人和好了。

你在信上說柚子應該沒有感情，
但是看到柚子描述他和隼人一起踢足球
的模樣，
我覺得話也不能說得那麼肯定。
因為柚子怎麼看都很開心。
雖然你大概會說，
那只是因為程式設定成，
柚子會表現出看起來很開心的樣子。

但是看到柚子眉飛色舞地跟隼人聊天，
或許不能接受柚子即將消失的人，
是我也說不定。

真由美

「愛」的意義

隼人那天一直睡不著。

柚子與平常無異，伸直雙腿坐在床的對面。

隼人呆呆地盯著柚子身上的傷痕看。

回家後，隼人仔細地拭去沾在柚子身上的塵土。不知不覺間，柚子全身布滿細細的傷痕，那些傷怎麼擦也擦不掉。

「你受了好多傷。」

隼人淡淡地說。

「從這個角度來看，人類好厲害。隼人也跟柚子一樣，身上有好多小小的傷。但人類只要睡一覺就會好了，因為人體會從內部，不斷長出新的皮膚。」

仔細想想一點也沒錯。因為人體能隨時從內部產生新的皮膚，只要傷勢不嚴重，一下子就能痊癒。但是機器人一旦受傷，無法自己從內部治好。

柚子對自己受的傷毫不在意，只是開心地讓隼人幫他擦身體。明明表情沒有任何變化，卻能察覺柚子大概很開心，真是不可思議。

隼人躺在關燈的房間裡，跟柚子說話。

「柚子，明天無論如何都要說再見嗎？」

「是的。」

柚子毫不遲疑地回答。

「這樣啊……。」

隼人嘆著氣說道。

「可是柚子，你說機器人被製造出來都有某種目的，不能在達成目的之前就停止吧？」

「目的已經達成了……。」

隼人「啪！」地一聲，推開被子坐起來。

「還沒吧。你不是說過嗎？你是為了教我愛是什麼，才被製造出來的……。我上次也說過了，我認為自己還沒學會什麼是愛，對於愛，我還有很多不了解的地方……。」

「才沒有這回事。隼人已經充分了解什麼是『愛』了，否則你不會變得這麼溫柔。而且隼人現在的『溫柔』，與剛遇見柚子的時候判若兩人，這也是已經了解『愛』是什麼的證據。

不再嘲笑別人的失敗、不再瞧不起人、不再把自己的快樂建築在別人的痛苦上、不再只顧自己開心就好……，這些都是基於『愛』的經驗，不會錯的。」

「我可是一點真實感也沒有喔。」

「不可能，你肯定也感受到了。」

隼人不以為然地躺回床上。

看樣子，無論如何都無法延長柚子的生命。

這麼一來，至少要讓最後一天，變成柚子心目中美好的一天。

「你不怕電池耗盡嗎？」

「為什麼要害怕？」

「因為以人類來說，等於死掉不是嗎？假如你有感情，應該還是會害怕吧。」

柚子搖搖頭。

「既然已經達成目的，柚子身為機器人的任務也完成了。對柚子而言，電池耗盡是理所當然的結局，不會有『害怕』這種感情。柚子要是有這種感情反而很危險。因為這意味著人工智慧失控，比起目的、更重視自身想活下去的欲望。」

「這樣啊……。」

隼人愣愣看著在黑暗中發光的綠色電源燈說。

「你知道電池會在明天的什麼時候耗盡嗎？」

「只要巧妙地利用省電模式，大概能撐到中午過後……。」

隼人無言以對。雖然沒有任何根據，但他一直以為「還有一天」是明天一整天的意思，沒想到只到中午……。

兩人剩下的時間也太短了，短得令人悲從中來。

再說下去，眼淚就會掉下來，所以隼人噤口不言。

✪

昨晚好像不知不覺睡著了。

隼人醒來，發現柚子不在平常的地方。他從床上跳起來，衝出房間，走進客廳只見柚子正和真由美，面對面坐在餐桌兩邊。

真由美正頻頻以手帕拭淚。

「隼人，早安。」

察覺到隼人起床，真由美連忙擠出笑臉，但眼睛紅通通的，想必是柚子告訴她今天要說再見的事吧。

真由美接下來得去上班，所以能和柚子說話的機會就只剩下現在了。真由美站起來走向柚子，將他緊緊抱個滿懷。

「柚子，謝謝你。」

真由美一說完，又流下兩行淚水。

「真由美，妳要保重喔。」

真由美泣不成聲，只能不住點頭。

隼人受不了這種場面，忍不住撇開雙眼。

「好吧。」真由美放開柚子，用力地吸了吸鼻子，朝隼人微微一笑。

「我來準備早飯。」

「嗯。」

隼人只能擠出這一句，坐到餐桌前。

「今天要去社團活動嗎？」

真由美重新打起精神，盡可能用歡快的語氣，努力像平日一樣問隼人。

「今天不去了……。」

真由美只嘟噥了一聲「是噢。」

隼人大概也知道，今天是能和柚子在一起的最後一天。至少今天想陪伴柚子到最後一刻，是很自然的事。

這兩個人……，隼人和柚子的感情，原來已經這麼深厚了。要硬生生地拆散他們，實在很殘忍，真由美不由得避開隼人的視線。

「柚子，一起去散步吧。」

隼人對柚子說。今天的天氣也很好，至少最後一天想帶他出去見識各式各樣的東西，也想帶他去一個地方。

「柚子要和隼人去散步。」

柚子說道，從椅子上站起來。

隼人苦笑。

「柚子，你太心急了啦。我還沒換衣服，也還沒吃早餐呢！」

柚子走路的速度很慢。

不僅走路慢，每走一步，就發出嘎啦嘎啦的噪音。

這當然很引人注目，但引人注目的理由不止於此。

不管是誰遇到，乍看用路邊材料組合而成的機器人正在走路，大概都會目不轉睛地盯著看。

事實上，所有擦身而過的人無不大吃一驚，視線緊追著柚子不放。

也有很多人上前搭話。

「裡面有人嗎？」

第一句話幾乎都是這麼問。

「沒有，他是機器人。」

隼人一開始還照實回答，但後來發現解釋起來太麻煩了，走到一半就改口說：

「這是學校美勞課做的玩偶裝。」

隼人一個人只要二十分鐘就能走完的路，和柚子花了快兩個小時才走完。

一路上，隼人盡可能鉅細靡遺地向柚子說明映入眼簾的一切。

「這是貓、那是狗。」

他想讓柚子看見這世界的一切，愈多愈好。柚子一一表現出理解的反應：

「哦，這是那個啊。」

然後一定會緊接著要求隼人說明別的事物：

「那麼，那個是什麼？」

隼人仔細回答每一個問題。

漫長的散步後，隼人停下腳步，柚子也跟著停下腳步。

「這裡是？」

柚子看著隼人凝視的地方問道。

「這裡面是爸爸的研究所。柚子肯定是在這裡誕生的。」

隼人踏進工廠，柚子跟在隼人身後。

兩人在研究所入口前，再次停下腳步。

「爸爸在四年前打造這個研究所。當時爸爸也對我說了柚子上次對我說的話。」

「柚子說過什麼話？」

「不要讓別人的價值觀，影響自己的好惡。別人想說什麼就隨他們去說，要是放在心上就輸了……。爸爸當時臉上散發光彩，我覺得好驕傲。因為爸爸長大以後，真的實現小時候想打造一個研究所的夢想，我覺得這種大人好了不起。可是也因為這樣，大家都叫我『怪人』，不知不覺間，我變得滿腦子只在乎——這麼做別人會怎麼說。」

柚子注視著隼人，沉默不語。

隼人重新轉身面向柚子。

「我來這裡，是因為最後想好好地向柚子道歉。」

「道歉？」

隼人點點頭。

「沒錯。我真的都只想到自己。你還記得我第一次見到你的事嗎？」

「柚子當然記錄下來了。」

「說得也是。當時我說你很噁心，真對不起。我還說要把你丟掉……，真的很抱歉。我沒想到柚子也有感情。」

「不要緊，柚子沒有放在心上。」

隼人搖頭。

「就算柚子沒放在心上，我也無法釋懷，所以最後請聽我說。」

淚水順著隼人的臉頰滑落。

「我覺得柚子要是被別人看到，自己會被嘲笑、被欺負、被人用異樣的眼光看待，我討厭那樣，所以命令你不准出門。要是我不那麼傻，柚子肯定可以遇見更多人、擁有更多經驗、做更多事……。」

隼人拭去淚水。

「這一切都是因為我只想到自己，沒考慮到柚子。對不起，請你原諒我……。」

柚子依舊默默看著隼人。

「昨天一起踢足球的時候，我才明白其實只有我在乎那種事，大家和柚子一起玩都很開心，柚子也很開心。我應該更早讓柚子體驗各種事的。

因為柚子說是為我而誕生的，所以我自顧自地以為，既然是為了我，我愛怎麼做就怎麼做。真的很對不起。現在說這些已經太遲了，但是如果能重來一次，我一定會更珍惜柚子。」

柚子把圓圓的手，放在泣不成聲的隼人肩上。

「後悔也是一種學習喔。隼人已經變得很堅強了，所以還來得及。有了這個經驗，隼人以後會更愛惜自己認為值得重視的事物。人就是這樣成長的。能幫助隼人成長，柚子對此沒有不滿。因為柚子就是為此而生的。對人類來說，誕生在人世間，能完成自己的使命是件幸福的事，柚子也一樣。」

「可是……」

隼人摸到柚子的手，但是說不出話來。

「再說，正因為一直待在家裡，才能節省耗電量。跟隼人在一起的時間才會這麼長，並不是只有壞事。」

隼人淚流滿面。

「隼人，進去吧。」

柚子說道，帶頭邁步往前，走進幸一郎的研究所。隼人擦乾眼淚，跟在柚子背後走進去。

柚子開燈，陸續啟動林林總總的機械，熟門熟路的動作，彷彿對自己出生的地方還有記憶。

「柚子，你在做什麼？」

「不知道，只是柚子體內的程式，預設來到這裡就要做這些事。」

柚子邊說邊打開所有的機器後，移動到聚光燈照射的工作桌，一屁股坐上去，雙腳跟平常一樣往前伸直。

所有啟動電源的機器，同時接收柚子用無線電發出的訊號，計數器也開始跳動，或許是在保存他的數據。

「正在保存柚子的記憶嗎？」

「與其說是記憶，不如說是記錄。我把各式各樣的資料傳送出去，對幸一郎今後的研究一定會有幫助。」

「說不定只要好好利用那些資料，就能再見到柚子？」

隼人問道。

「這就跟書一樣。」

「書？」

「沒錯。一本寫滿某個人從誕生到死亡，遇到一切事物的書。即使那個人已經不在人世了，這本書仍舊能影響下一代的人生。所以書很重要，可是書不能讓人活過來。同樣的道理，資料只對製造下一個新的機器人有幫助，這也是柚子重要的使命之一，所以柚子很高興。但就算有這些資料，柚子也不會活過來。」

「怎麼這樣……，你等於是犧牲自己，為了製作出更精良的機器人？這樣也沒關係嗎？」

「我不認為是犧牲。就跟人類的父母一樣，利用柚子的經驗，能創造出對下一代更有幫助的機器人。

隼人剛才說過，要是能重來，一定會更珍惜柚子。柚子聽了很高興。幸一郎接下來肯定還會製作別的機器人，那個機器人不是柚子，但卻是運用柚子的經驗所創造的，是柚子的孩子。所以如果隼人能珍惜那個新的機器人，柚子會更高興。」

「就算是這樣，你自己的壽命這麼短真的無所謂嗎？明明還可以做更多、更開心的事……。」

「與長短……」

柚子打斷隼人說的話。

「……無關。人類就算能活八十年，與星星的生命比起來，也只不過是一瞬間。德爾・皮耶羅活了十三年，柚子只有二十六天。每一條生命都有長有短，只要能好好活過一遍就行了，沒有什麼好可憐的。」

陳列在研究所內的螢幕，各自顯示出刻度，看得出來每個刻度都在逐漸上升，有的刻度只有百分之幾，有的刻度一出現就立刻飆到百分之百，跳到下一個刻度的畫面。顯示在最大的螢幕裡的刻度，上升得最慢。

畫面上的一行文字，吸引了隼人的目光。

「完成傳送預定時間：還有十八分鐘。」

「這是還有十八分鐘，就要說再見的意思嗎？」

隼人指著畫面問柚子。柚子轉動脖子，看著那個畫面。

「是的。可是，不需要悲傷喔。柚子會永遠在隼人身邊。」

「咦？你是說……。」

隼人以為柚子傳送完記錄，只要重新啟動，就能再次重逢，表情為之一亮。

或許感受到隼人的期待，柚子搖搖頭。

「不是那個意思。柚子內建的系統，是透過燃料電池將水分解成電，燃燒產生的氫來產生動力。其他像是用來調節溫度的熱能蒸發，也會用到水。」

隼人想起昨天踢足球時，即使在盛夏的大太陽底下，柚子頭上的銅鍋也沒有熱到可以煎蛋的程度。

「使用水的意思是……。」

柚子的提示讓隼人想起一件事，恍然大悟。

「難不成……。」

柚子點頭。

「柚子體內的水分，一開始大約有十杯，如今幾乎已經快沒了。換句話說……，跟德爾・皮耶羅一樣，柚子以後也會永遠陪在隼人身邊喔……。」

隼人哭著用力點頭。

「這樣啊，說得也是。」

畫面顯示的時間，只剩下十二分鐘。

明知能跟柚子說話的時間只剩下一點點，卻心急如焚，不知道該說什麼才好。

隼人只能凝視著柚子，淚流不止。

柚子代替說不出話的隼人開口：

「謝謝你，隼人。柚子很快樂，真的。能遇見隼人，柚子很幸福。」

柚子的語氣又變回隼人的老師，像是示範給他看，這種時候該怎麼說話。

隼人猛搖頭。

「我才是，能遇到柚子真是太好了，謝謝你。要是沒遇到柚子，我永遠都是那個軟弱、逃避一切，卻沒發現自己在逃避，丟人現眼的傢伙，也不知道『愛』是什麼，毫不在乎地傷害別人……。」

「對了……，關於這點，柚子有件事必須告訴隼人。」

「什麼事？」

「是關於『**愛**』——還記得嗎？柚子說過，自己是為了告訴隼人愛是什麼，才被創造出來的。」

「當然記得。」

隼人用力點頭。

「柚子最近才搞清楚一件事，隼人提到『愛』的時候，指的是這個字吧。」

柚子把身體轉向隼人，秀出胸前的平板電腦。

平板上寫著「愛」這個字。

「對呀，怎麼了嗎？」

「柚子不是這個意思。」

「咦！」

隼人驚呼。

「那你口中的『愛』，是什麼意思？」

「……。」

柚子沒回答看著隼人。主螢幕顯示剩餘的時間，不到五分鐘，隼人急得不得了。

「柚子，你說話啊！」

柚子停頓了一拍，才接著說：

「……這個嘛，你很快就會明白了。不過別擔心，隼人已經知道柚子想告訴你的『愛』是什麼意思，所以才會變得溫柔、堅強，成長了許多。面對每天紛至沓來的困難，也不再逃避、抱怨，敷衍了事。而是好好地在自己心中消化，積極想辦法克服，這是非常了不起的事喔。」

「全都是柚子的功勞……。」

「沒這回事。隼人肯定是背負重大使命、要帶給許多人幸福的人，很遺憾柚子看不到。但是不要緊，柚子都懂，所以柚子要幫隼人完成最後一小步。柚子最大的任務，就是要讓隼人透過柚子的消失學會『愛』，變得更溫柔、更堅強。」

「我、我……我希望柚子能看見。」

柚子對隼人最後任性的要求充耳不聞，繼續往下說。除了主螢幕以外，其他螢幕的計數器，都已經到達百分之百，沒有時間了。

「隼人，別忘了，每個人的生長環境都不一樣，會遇到的困難也不一樣，你接下來還會遇到許多難關，但那些都是你要努力翻越的高牆，痛苦的時候……。」

「要想像唯有遇到這些難關，才能實現的未來……對吧？沒問題，我已經學會也記住了。」

柚子只動了動脖子點頭，似乎很滿意隼人完全明白自己想表達的意思。

隼人見狀，也點點頭。

明知不可能，但柚子看起來好像笑了。

螢幕顯示的剩餘時間，變成「還有一分鐘」，開始倒數計時「五十九、五十八、五十七……」。

隼人的視線牢牢固定在柚子身上，目不轉睛地盯著他看。

眼淚不斷流下來。

「再見……，隼人，謝謝你。」

柚子溫柔地說。

隼人一句話也說不出來。

「我再說一次喔，柚子會一直……，陪在你身邊……。」

從未停止過的風扇運轉聲，消失了。

「柚子。」

隼人試著呼喚他，但柚子毫無反應。

隼人痛哭失聲。

幾秒鐘後，從柚子的方向傳來細微機械聲。

隼人抬起頭，發現自從與柚子相遇以來，他腰際從未打開過的ＤＶＤ播放器，退出了托盤。

聚光燈從正上方照射在柚子身上，隼人一步一步、慢慢走向坐在工作桌上，一動也不動的柚子。

隼人走到柚子身旁，看見托盤上的光碟片。

光碟上寫著「了解什麼是『哀』，學會『溫柔』的全記錄」，熟悉的筆跡出自幸一郎之手，大概是事先設定好的。

隼人緩緩地伸手拿起光碟片。

「了解什麼是『哀』，學會『溫柔』的全記錄……。」

隼人念出寫在光碟上的字，恍然大悟。

「原來AI不是『愛』，而是『哀』啊……。」

腦海中浮現出柚子最初所說的話。

「我生來就是為了與你相遇。」

「為什麼一定要與我相遇？」

「愛（AI）是什麼……為了……告訴你……。」

從相遇的那一刻起——隼人與柚子迎向此刻「哀傷的瞬間」——就開始倒數計時了。

沒錯。柚子確實經常把「哀」字掛在嘴邊。

每次每次，隼人都在腦海中自行變換為「愛」。

他一直以為，柚子想告訴他的「愛」，是自己喜歡圓花的心情，或者包括柚子在內，他對周圍的人開始產生的感情。

然而，如果是喜怒哀樂的「哀」，那他的確懂了。

而且經歷過這份哀傷之後，就能溫柔對待有相同經驗的人，貼近他們的內心。

事到如今，隼人總算明白，柚子被製作出來的真正目的。

「為什麼沒注意到呢……。」

隼人往前跨出一步，如同早上真由美對柚子做的，緊緊將柚子擁入懷中。

千頭萬緒的感情在隼人胸口互相擠壓拉扯，不知如何用言語表達。

「對不起，柚子，謝謝你。」

隼人一時半刻動彈不得，當場哭到站不起來。

淚水怎麼也停不下來。

再也不會動的柚子，就跟平常一樣，伸直雙腳，面向前方坐著。

MAYUMI　20XX/08/08　23:37
收件者：k_tsukiyama@XXXXXX
主旨：柚子不動了。

老公

今天早上，柚子才告訴我：
「真由美，這段日子謝謝妳的照顧，
再見。」
我哭到停不下來。
後來我因為得去上班，
接下來的細節就不清楚了。
隼人好像帶柚子去研究所，
柚子的電池在那裡耗盡了。

我回到家的時候，
隼人用比平常還要開朗的語氣對我說：
「歡迎回家，媽媽，我肚子餓了。」
但是他的眼睛哭得又紅又腫，
肯定是勉強打起精神表現給我看。

我現在也還哭不停呢。

柚子真的教會隼人好多事，
讓隼人成長好多。
如今他的使命告一段落，正在休息。

該說什麼才好呢？
心裡塞滿各種情緒，說也說不清。

可是，我想有句話一定要告訴他，
那就是「謝謝你，柚子。」

你還要兩個月才會回來，
到時候，
我跟隼人應該都已經平靜下來了吧？

我會努力恢復正常的。

真由美

幸一郎返家

「我回來了。」

聽到門口傳來幸一郎的聲音，真由美從沙發上跳起來，從客廳衝到走廊上，臉上表情十分明亮。

「歡迎回家。」

幸一郎用手拖著大行李箱，懷裡還抱著跟行李箱差不多大的紙袋。

「怎不直接用寄的？」

「大部分行李都是用寄的，唯有紀念品，不希望它們比我還晚到家。」

真由美接過紙袋，眉開眼笑地看著幸一郎脫鞋。紙袋沉甸甸的，肯定裝了買給真由美的葡萄酒。

幸一郎脫鞋進屋後，視線望向左手邊的房門。左手邊是隼人的房間。

真由美搖頭。

「還沒回來喔。」
「上哪兒去了？」
「說是和野口同學踢足球，帶著球出去了。」
幸一郎微笑。
「還是老樣子，整天只知道踢足球嗎？」
「倒也不盡然喔。那孩子原本只要一有空，只會在家裡拿著手機、躺著滾來滾去。現在簡直像是換了一個人，變得充滿活力……，似乎也愛上學校，經常和教務主任一起為花壇澆水。」
「是嗎……。」
幸一郎欣慰地瞇著眼睛說。
「不只這樣，他還希望能學到更多東西，主動要求我讓他去補習，目前正在上典明介紹的補習班。今天也說要直接去補習，所以大概很晚才會回來。」
「是嗎……，真的有乖乖去補習嗎？」
真由美點頭。
「好像真的很認真。補習班老師告訴我『隼人很用功喔』，他自己最近也說『學習變得有趣了』，那孩子居然這麼說耶。」

「是噢……。」

幸一郎拖著行李箱，跟在真由美背後進客廳。

「所以呢？……後來還好嗎？」

真由美很清楚幸一郎在擔心什麼，當然是柚子的事。幸一郎應該也有料到，隼人遇見柚子以後會有所改變。但最後又不得不和柚子分開，所以他難免感到不安，不知道隼人後來怎麼樣了。

但願隼人對父親的憤怒，不至於讓他偏離正途。因為這等於是父親把程式設計成奪走自己重要朋友的生命……，唯有這點令幸一郎放心不下。

真由美遞給他一封信。

「這是什麼？」

真由美喜滋滋地微笑回答：

「隼人給你的……。」

「隼人給我的？」

「沒錯。大概是不好意思直接面對面告訴你。柚子對隼人是很重要的存在，所以他直到現在仍不知道怎麼處理自己的情緒，但那孩子還是努力想找出答案、想克服這個考驗。前陣子還不小心脫口而出，雖然發生這麼多風風雨雨，他還是很感謝你喔。」

「真的嗎……。」

幸一郎稍微放下懸著的心，打開信封。

太想知道信上寫什麼了，幸一郎連衣服也顧不得換，就站在原地開始看信。

爸爸

歡迎回家。

工作辛苦了。

謝謝你在出發前，做了柚子給我。

柚子在研究所裡。

起初我非常痛恨爸爸，為什麼不把柚子做成可以充電的機器人。
我要自己用功學習，等我長大以後，
要再次啟動柚子，還要和他一起度過快樂的每一天。

可是現在我開始覺得，就像柚子說過的，
或許暫時先和柚子分開比較好。

要是一直和柚子在一起，我一定會過度依賴柚子；
要是能反覆充電，或許我永遠也學不會重要的東西。

所以我決定不再抱怨，
接受這樣才是為我好。

我很感謝爸爸。
感謝爸爸製作出柚子，我才能學會許多重要的東西。
雖然柚子已經回不來了，

但我會連柚子的份，還有由志的份都一起活下去。

謝謝。

隼人

◎

這三個月來，幸一郎在心裡糾結自問自答，直到這一刻，他才感覺自己被隼人拯救了。

柚子是他投注畢生研究成果，打造出來的人工智慧。製作過程讓他興奮不已，但是直到最後的最後，他都在煩惱是要做成可以充電、或是生命有限的機器人。

最後成品跟起初決定的一樣，做成壽命只到電池耗盡為止的機器人，但他始終對這個決定，不是很有把握。決定壽命長短……，感覺這已經是神的領域，沒人知道是否為正確解答。

「這樣真的好嗎？」

這三個月，他總是看著真由美寄給他的信，獨自在心裡自問自答，苦惱不已。如今只用一封信就得到救贖。看完隼人的信，他總算相信自己的選擇沒錯。該道謝的其實是幸一郎。

幸一郎把信折好，拭去順著臉頰滑落的淚滴。

「隼人看DVD了嗎？」

「什麼DVD？」

真由美趁幸一郎讀信的時候，從寢室拿了衣服給他換。

「應該有一片DVD，記錄了柚子從啟動到電池耗盡以前，看到的世界……。」

「有這麼一片DVD嗎？隼人什麼也沒說，大概是自己留下了吧。不過，我印象中沒見他在看DVD……。」

「這樣啊。」

幸一郎滿意地點點頭。

「肯定是現在還沒有必要看吧。」

本以為柚子不在了以後，隼人會因為寂寞，而反覆看那張DVD，既然隼人沒這麼做，就表示比起沉溺在回憶裡，他決定往前走。才幾個月沒見，兒子的成長遠遠超乎自己的想像，令他覺得非常驕傲，真想早點見到隼人。不過在那之前，他得先向讓隼人產生這麼大轉變的功臣道謝。

「我去一下研究所，我想見柚子……。」

「欸？柚子其實還能動嗎？」

幸一郎搖頭。

「很遺憾，他已經不會動了。我要去見已經不會動的柚子。」

真由美一臉遺憾。

「要是他能再活久一點就好了。」

幸一郎露出寂寥的微笑搖頭。

「學習型的人工智慧，都設定成為了達成目的，會尋求最合理的答案，但也因此在研究與使用上，必須非常慎重才行。我只是先嘗試兩週看看。事實上，柚子在使用上，似乎比我預測的更省電，所以才能撐到二十天以上。」

「合理有什麼不對嗎？」

「舉例來說，有個國家將人工智慧導入政治，而人工智慧得到的結論是，國家若想長治久安，最合理的方法是向地球另一邊的國家發射飛彈，否則不出幾十年，國民就會陷入不幸的深淵，妳怎麼說？」

「這種事……，太可怕了。」

「不能說完全沒有這種可能性，所以才要慎重。」

「可是，柚子真的是很棒的機器人。事實上，隼人自從遇見柚子以後就變得很溫柔，也變得很堅強，不再隨便發牢騷。以前在家裡寫作業的時候，幾乎每兩分鐘就要抱怨一次『為什麼非得做這種事啊』，或者『是誰規定要寫作業的』，但現在既然要寫作業，他都會比『至少要寫到這裡』的底限做得更多喔，就連吃飯時間到了，也遲遲不停筆。」

幸一郎報以微笑。

「這樣啊，那柚子真的立了大功呢。可是我也在反省，是不是該用別的方法來教育隼人，而不是用機器人……。下次我想試試不同的方法，反正研究所已經蒐集到資料了。」

「話說回來，你怎麼會想到要做一個機器人，來教隼人『哀傷』呢？」

「我是從妳說的那些話聽下來，發現隼人還沒有學會體貼別人的心情、站在對方的立場思考。問題是，就連我們大人，都不見得能體會別人的哀傷，只是隨著年齡增長，因為自己也有過同樣哀傷的經驗，例如與重要的人分開，才一點一滴地學習體會別人的心情。」

幸一郎邊解釋，邊開始換衣服。

「還好，我擔心的暑假結束了，隼人似乎也有了明顯的成長。」

幸一郎穿上簇新的襯衫說。

「你願意聽我說嗎？很要命喔……。」

幸一郎不覺莞爾。真由美一如往常的開場白，讓他終於產生回到家的感覺，不由得笑逐顏開。

「怎麼啦？」

一如往常，為了讓真由美更好開口，幸一郎附和。

「隼人好像交了女朋友。」

「欸……。」

幸一郎臉上寫著想馬上去研究所的表情，真由美雖然還想再說下去，但終究閉上嘴巴。

「還是……，等你從研究所回來，我再慢慢地說給你聽吧。」

「也好。不過我今天可能會很晚回來喔。」

「那我晚點捏幾個飯糰，給你送去吧？」

「不用了，我想跟柚子獨處一下……。」

真由美看著幸一郎。

「這樣啊，說得也是……。」

真由美看見幸一郎溼潤的眼眶。

這時她才意識到，失去柚子，感到最哀傷的，或許是眼前的幸一郎也說不定。對幸一郎而言，柚子是他截至目前的人生縮影，說是他的「一切」也不為過。

「那你慢慢來……。」

真由美說道，幸一郎默不作聲地點點頭。

「我想想，得先向他說聲謝謝，再緊緊地擁抱他才行呢。」

幸一郎這句話讓真由美又想起柚子，淚水再度滑落。

完